HAYMON verlag

Lydia Mischkulnig

Macht euch keine Sorgen

Neun Heimsuchungen

Gedruckt mit freundlicher Unterstützung
des Landes Kärnten und der Kulturabteilung der Stadt Wien.

HAYMON verlag
Innsbruck-Wien
www.haymonverlag.at

ISBN 978-3-85218-583-5

Umschlag- und Buchgestaltung:
Kurt Höretzeder, Büro für Grafische Gestaltung, Scheffau/Tirol
Coverfoto: www.photocase.com

Gedruckt auf umweltfreundlichem,
chlor- und säurefrei gebleichtem Papier.

Do not forget. This visitation
Is but to whet thy almost blunted purpose.

Vergiss nicht! Diese Heimsuchung
Soll nur den abgestumpften Vorsatz schärfen.

(William Shakespeare, Hamlet)

Ausgesorgt

Als sich die gute Frau, eine vollbeschäftigte Alleinerzieherin, zur Nachbarin begab, um den längst versprochenen Besuch abzustatten, hatte sie die Absicht, bald nach Hause zurückzukehren und die Kinder mit einem Gute-Nacht-Kuss in den Schlaf zu verabschieden, still hoffend, sie mögen anderntags wieder erwachen. Flott verließ sie ihre Wohnung, stieg die Stufen hoch zur Nachbarin und klopfte. Die Nachbarin riss mit Schwung die Türe auf, warf die Arme zur Begrüßung auseinander und sagte gut gelaunt, sich auf der Schwelle aufhaltend: Ich hab die Katzen vom Dach unters Fach gebracht.

Seit Jahren versuchte sie, die Tiere loszuwerden, da sie immer anstrengender wurden. Sie lauerten auf alles, was sich bewegte, und stürzten sich wahllos auf Beute oder Köder. War niemand zu Hause, hockten sie auf dem Bücherregal neben der Tür, lauerten auf Freiheit, und wurde die Tür geöffnet, schleuderten sie sich mit ausgefahrenen Krallen in die Gesichter der Eintretenden und stürmten dann aus der Wohnung.

Die Spuren hatten sich tief in die Haut der Katzenmutter eingegraben. Sie war faltig und spindeldürr, denn die Katzen rasten jedes Mal aus der Wohnung die Stiegenspindel hinunter in den Keller zu den Rattenködern. Was blieb der Nachbarin übrig? Sie hasste den Keller und rannte trotzdem hinunter, immer wieder den Katzen hinterher, um sie zu retten und zurückzuholen. Sie wollte die Tiere loswerden, jedoch sie wollte sie lebendig loswerden, und nun war sie die lebendigen Tiere losgeworden. Gratulation.

Die Nachbarin trat beiseite und ließ der Besucherin, die aufhorchte, denn sie vermeinte durch das Stiegenhaus ein Kreischen aus ihrer Wohnung zu hören, Zeit einzutreten. Dann schloss sie die Tür.

Die Frauen nahmen Platz beim kleinen Teetischchen. Während die Alleinerzieherin schon wieder aufhorchte, erzählte die Nachbarin von der neuen Katzenmutter. Deren Freude über die miauende Gesellschaft sei groß, denn noch ahne sie nichts von der Mühsal, die sie sich aufgehalst habe, nur ein komisches Gefühl walle, wegen der Männerbesuche, da die Katzen herumschleichen und das Bett beäugen. Aber Katzen seien unkompliziert und nicht so gestört wie Kinder.

Die Nachbarin griff nach dem Tee, und als sie die Lippen über den Tassenrand stülpte, um ihn zu schürfen, sah sie aus, als habe sie statt der Plüschfalten einen gestrichelten Bart auf der Oberlippe. Sie sagte, dass das Katzenpaar einem senilen Ehepaar gleiche und dass die Katzen zwar das Alter spüren, weswegen sie dementsprechende Ungeduld auch gegeneinander freisetzen, die sie aber, gebe man ihnen Baldriantropfen, nicht mehr ausleben können. Mageres Fleisch und milde Temperatur und ausreichend Bewegung in einer Altbauwohnung genügen zur Erschöpfung. So viel zum Katzenthema, sagte die Nachbarin schmunzelnd und nun zu etwas Ernsterem kommend.

Von ihrem Erlebnis, als sie vor Tagen die Ringstraße überquerte und dazu den Zebrastreifen wählte, mochte sie anfänglich gar nicht erzählen. Trotzdem begann sie damit.

Sie war auf dem Zebrastreifen fast umgekommen. Ein Auto hatte sie um Haaresbreite nicht erwischt. Das kann auch einem Kind passieren, sagte sie und meinte den verhängnisvollen Zufall. Was *einem* Kind passieren kann, kann auch *deinem* Kind passieren – plattgewalzt, zerquetscht und zermalmt, unter die Räder gekommen wie eine Katze, mit aufgeplatzter Haut, aus der die Organe quellen, weil die Räder des in den Körper gefahrenen Autos eines aggressiven Ignoranten die Organe hinausexpandieren, so könnte es daliegen – die Worte fauchten im Ohr und die Bilder brannten im Kopf. Die Alleinerzieherin konzentrierte sich auf die

Blumen und das Blumenbild vom gebündelten Lavendel an der Wand, und sie glitt mit dem Blick in den blauhügeligen Hintergrund ab. Sie entfernte sich kulturell vom Schrecken – hinaus durch das Fenster in die Hügellandschaft der Malerei, wo die Heurigen ihren Betrieb für friedliche Ausflüge aufgenommen haben. Die Blüten der Heckenrosen nicken. Die Stängel sind strohhalmdick und bleich. Das Gras ist lang. Die Grasspitzen exakt gestrichelt, der Boden damit überzogen, dicht wie ein Teppich. Ein Kratzteppich. Ein alter Kinderspielteppich mit aufgedruckter Straßenkreuzung und Zebrastreifen zum Drüberkriechen. Dieser pädagogisch wertvolle Teppich ist die Unterlage für gespielte Katastrophen. Der Teppich kratzte und die Erzählung des Beinahe-Unfalls bewirkte, dass die Mutter sagte, sie nehme jeden Abschied ernst, denn es könnte der letzte sein. Schulweg und Ausbildung, alles sei gefährdet. Kaum ausgesprochen, bannte sie die Gefahren, die Wahrscheinlichkeiten einer Verheerung in statistische Werte, da die Kinder zur Vorsicht erzogen seien und schreckliche Zufälle nicht zwangsläufig ihnen passieren müssten. Außerdem sei ihr zweites Kind außer Gefahr, meinte sie, sie begleite es auf seinem Schul- und Heimweg – wenn es der letzte sein sollte, dann gelte das für sie beide und sie wären beide tot und dann erlöst vom Verlust.

Bald darauf entschlüpfte die Mutter der nachbarschaftlichen Dachwohnung und stieg die Treppe hinab. Schloss die Tür auf und lauschte in die Stille. Knacken und Quietschen. Sie schwenkte den in seinen rostig gewordenen Scharnieren hängenden Türleib von sich und dachte an Schmieröl und Graphitstaub und oder. Sie lauschte. Es war still, die Kinder schliefen. Sie schloss die Tür. Legte die Schlüssel ab und ging in die Kinderzimmer. Besuchte das erste Kind, dann das zweite. Sie küsste die Schlafenden auf die Stirn und deckte die Schultern zu. Das Hantieren mit der Decke, der Kuss, eingeübte Filmgesten in der Mutterrolle hundertmal wiederholt, bevor eine Aufnahme alles Typische aufsaugen und als *die* wahre Geste in Erinnerung holen würde, vielleicht als die letzte. Hat sie diesen Augenblick schon übersehen? Sie betrachtete die schlafenden Gesichter und rekapitulierte die Geste. Sie befühlte den Stoff, weich, glatt, Batist, der die Kinderschultern fast gewichtslos bedeckte. Sie besaß einen Vorrat an Gesten, die hundertmal erprobt, bewährt, liebevoll gespielt, aber von ihr nicht so empfunden waren. Sie lächelte ihre gepflegten und wohlbehüteten Kinder an. Sie durfte dieser Pracht Vertrauen schenken. Je länger sie über die Wiederholung nachdachte, umso gekaufter und verkäuflicher und deshalb wertloser erschienen ihr Gesten. Sie betrafen Aufzucht und Erziehung und Liebesbekundung. Sie waren wiederholbar und doch irreversibel. Hände. Besteck. Sie setzte Handlungen gegen abstrakte Begriffe ein, die Kinderseelen töten, als könnten ihre Taten die Verhängnisse und üblen Mächte wegkosen, für immer abhalten. Sie segnete ihre Kinder gegen Päderasten und misogyne Idioten. Gegen die Unversöhnlichkeit, gegen das Kirchengeläut aus der Nebengasse. Gegen den Zorn, der sie erfasste, wenn sie konzentriert an ihren, an wen eigentlich gerichteten, Worten arbeitete, und der ihr gutes Werk in Ohrfeigen verwandelte, wenn die Kinder sie störten, obwohl sie gegen die Wut, die Angst schürenden Sorgen kämpfte, um das Ungeheuerliche zu bannen. Und diese mulmigen Gefühle, die sie als ihr Ungeheuer ansah, es steckte ja in ihr.

Sie legte die Hände auf die Schulterblätter der Kinder, als läge dort deren verwundbarer Punkt, und flüsterte für die Kinder unverständliches Zeug: Gebt gefälligst zurück, was euch bedrückt!

Sie berührte die Achillessehnen und den Spann zwischen Ferse und Fußballen, spürte die Reflexe zucken und sah zu, wie die Füße blitzartig unter den Bettdecken verschwanden. Der Reflex sprach für die Kinder – lass uns in Ruh.

Sie ging ins Bad. Abdrücke, Spuren und Ringe, Zahnpastareste wischte sie weg. Sie war zu lange bei der Nachbarin geblieben, deshalb lag jetzt die Zahnspange herum. Sie putzte die Fliesen und dachte an Zahnarzttermine, Mittelhandknochen, Wachstumsfugen.

Sie nahm das Handtuch und beutelte es aus. Das Thermometer fiel vom Waschtisch und zersplitterte. Sie nahm einen Wattebausch, machte ihn nass, tupfte die Splitter auf. Mikrosplitter, Kinderhände.

Sie tupfte Risse und Ritzen ab, warf alles weg, auch das flauschige Handtuch.

Dann legte sie sich hin und las zur Zerstreuung Musil, die Parts mit Agathe. Pierrots. Ach ja! Überraschend, der Tod des Vaters dieses Zwillingspaares. Ulrich und Agathe. Wie gut er beschrieb, der Musil. Und sie schlief trotzdem ein, am Totenbett des Vaters, der aufgebahrt, die Szene entrückend, da lag.

Es dampft und es riecht und es sieht rot aus. Ein großes Stück Fleisch, ein Lamm?, gebraten. Orientalisch üppig ist die Szenerie, in einem mit Mosaiken verzierten Raum, umgeben von Nischen, in denen Teppiche hängen, die Muster sich kringeln und Dornen treiben und blühen. Ein junger älterer Mann, ja, ein junger älterer Mann sitzt im Türkensitz und schneidet Stücke vom Lamm. Das Tier ist langsam gebraten worden. Es wurde mit einem Stich in die Halsschlagader getötet. Das Blut muss ausgeronnen sein, sonst wäre das Fleisch kaputt. Kaputtes Fleisch darf der Mensch nicht essen. Sie nickt und der junge ältere Mann wird vor ihren Augen blond, war er denn vorher dunkel?, und sein Haar lockt sich, war es denn vorher glatt?, trägt er das goldene Vlies? Der junge ältere Mann ist ansonsten nackt. Seine Lenden sind eingehüllt. Wie ein junger Gott – griechisch und blond. Er ist barfuß. Er hat ein gebogenes Messer. Wie ein Säbel und wie ein Buschmesser. Der Gott hockt und kniet auf dem rechten Knie. Er schneidet ein Stück des stundenlang auf dem Spieß gebratenen Fleisches ab. Das Lamm ist gewickelt und auf den Spieß gesteckt und sieht wie ein Ohr aus. Oder ist es zusammengerollt wie ein Schneckenhaus? Das Lamm hat ein Gesicht. Es wirkt friedlich, ist aber gehäutet. Der junge ältere griechisch blonde Gott schneidet dem Lamm das Ohr ab. Unmerklich fast zuckt das friedlich schlafende Tier. Der Gott serviert die Delikatesse. Die Mutter zuckt vor dem auf der Messerspitze steckenden Ohr zurück. Das friedlich schlafende Tier. Der Wimpernkranz. Sie lauscht in seine Richtung. Der junge ältere Mann kaut das knorpelige Ohr. Und er dreht das Messer hin und her und blinzelt. Der Gott ist in gelbliches Licht getaucht, als er mit Staunen sieht, dass das zur Schnecke zusammengerollte Lamm sich auf dem Spieß auszurollen beginnt. Es schläft und es schläft so fest, dass es den Schnitt und den Stich und das Feuer gar nicht bemerkt hat und auch nicht, dass es sich streckt auf dem Spieß. Jetzt aber, wo es gehäutet, entleert und ausgeronnen und gebraten und bereits angeschnitten ist, der halbe Oberschenkel seines Hinterlaufes schon bis auf den Knochen freigelegt, streckt es sich weiter und gähnt im Schlaf, wo doch durch den Stich in den Hals ein Pfiff ertönt sein muss, der Tote weckt. Da ist es nicht aufgewacht, wieso dann jetzt? Der Gott scheint das Lamm nicht mehr weiteressen zu wollen. Er packt entschlossen das Messer, das in seiner Hand gerade, scharf und glatt geworden ist, ohne dass sie gesehen hat, wie das geschehen ist, fester. Er duckt sich und rutscht auf seinen Knien näher an das Lamm heran. Wie es gerade seinen Kopf nach hinten in den Nacken legt, so weit es der Spieß im Genick eben zulässt, da hebt der Gott seine linke Hand und legt sie auf die Stirn des Lammes und drückt den Kopf noch weiter in den Nacken, sodass vorne die Gurgel hervortritt, und er setzt das Messer an und schneidet in die Lamellen der Knorpel und schneidet glatt und zügig durch den

Hals, dem Lamm den Kopf ab. Ein schrecklich langes, röt-liches Seufzen geht durch den Raum, durch den Gelbstich. Das Licht und die rankenden Muster. Das Mosaikzimmer. Der Gott klappt den Kopf zurück, das Messer gleitet durch die Fasern und er packt den Kopf des Lammes am Schopf. Der Blick fällt auf die kreisrunde freie Halsfläche. Der Gott nickt zum durch die Luft wehenden Seufzen. Die Mutter wirft die Hände auf die Augen und bezeugt, das Lamm ist tot, nun muss das Lamm tot sein. Nichts lebt mehr davon. Keine Qual mehr in den Zellen. Sie nickt und ist entsetzt über das eigene Nicken. Es ist vollbracht, denkt sie und krümmt sich schuldig.

Da riss sie sich aus dem Schlaf und setzte sich aufrecht hin und starrte durch das Dunkel in den Hof, hinauf zum Licht, wo die katzenlos gewordene Nachbarin wohnte. Sie war also auch noch wach. Die Alleinerzieherin zog die Knie an, hob die Beine aus dem Bett und stellte die Füße auf den Boden, um Nachschau halten zu gehen? Ja, wohin denn? In den Traum? – So blieb sie sitzen.

Die Firma

Ich bin eine Firma – und, wie jeder sehen kann, erfolgreich. Ich bestehe aus drei Etagen zu je elf Zimmern mit je zwölf Arbeitsplätzen. Was insgesamt 396 Arbeitsplätze ergibt. Hinzu kommen das Raumpflegepersonal und ein Haustechniker, ein Hauswart und einige Hausnetzwerker. Das Haus wird stark frequentiert. Botendienste bringen die Unterlagen und Arbeitsmaterialien der Kunden. Kunden kommen auch selbst und arbeiten mit den Angestellten, unzählige Arbeitswillige, die bei mir eine Beschäftigung wollen, werden täglich vorstellig.

Ich zahle gut. Ich habe Köche eingestellt, die Terrasse renoviert, mittags kann bei Schönwetter das Essen draußen eingenommen werden.

Die Leute arbeiten erstklassig. Zwei bis drei Jahre dauert es, bis man einen Angestellten ausgebildet hat und effizient einsetzen kann. Ich neige wieder mehr dazu, Männer einzustellen, da Frauen häufiger ausfallen. Kaum eingestellt und ausgebildet, melden sie eine Schwangerschaft und man kann sich neu umsehen. Alle Männer sollten in Karenz gehen, damit die Differenz ausgeglichen wird.

Leider bringt Zwang keine Lösung. Bei den Frauen kann man das seit Jahrtausenden erkennen. Sie erziehen die Kinder immer schlechter. Heute ernähren sie sie auch immer schlechter. Immer fettere Gestalten wollen bei mir anheuern. Mich ekelt vor dem Fett, das die faule Haut ausdehnt, vor den Frauen, die sie mit dem eingespeichelten Trostfood ausstopfen und mich bevöllern. Solche Mitarbeiter sind mir ein Gräuel, die Köche müssen unentwegt Schweinsbraten und andere fette Gerichte zubereiten, damit diese Mäuler nicht maulen.

Weil mich diese Faulpelze als fettes Schwein bezeichnen, nur weil ich sie aufnehme und gut bezahle, weil die

Firma gute Umsätze erzielt, ich daher auch genug Gewinn abschöpfe, nehme ich an, dass ich Neid auf mich ziehe und kannibalistische Lust erwecke. Ich stelle die Fettsäcke nicht gern an. Ich riskiere es, von Innen ausgefressen zu werden, wenn ich die Maden im Speck lasse. Am Eingang der Firma habe ich eine Waage aufgestellt. Über diese Waage geht jeder sich als arbeitswillig bezeichnende Vorstellige. Die Waage ist im Boden versteckt eingelassen und ich kann das Gewicht auf meinem Computer ablesen. Meiner Erfahrung nach ergeben zehn Prozent über dem Idealgewicht eines Körpers den Idealkörper für meine Firma. Diese Körper sind selten dick, aber auch nicht schlank. Die Wohlstandsträgheit hat bei ihnen noch nicht angefangen. Wöchentlich kontrolliere ich auch das Gewicht der Angestellten, wenn sie die Firma verlassen, und errechne mir so die Fress- und Disziplinleistung aus der Differenz zwischen Montag und Dienstag. Freilich werden auch die Entleerungszeiten bzw. -gewichte geschätzt und einkalkuliert. Wer zu viel drauf hat, wird zu einem Gespräch geladen. Wer zu wenig drauf hat ebenfalls. Dann versuche ich ins Gewissen zu reden, und damit ich ein paar Gewissenbisse auslöse, bin ich eine verständnisvolle Firma, was selbst dürre Gestalten, die nichts von sich hergeben und nichts annehmen wollen, alles für sich behalten und nichts austauschen, erweichen und ein paar Kilogramm Fett zulegen und sich bei Rollenspielen in Seminaren selbst entblößen lässt. In einen Menschen hineinschauen kann niemand, aber den Menschen aus sich herauslocken funktioniert, dann geht alles viel schneller und ohne Gewalt.

Frauen sind da sehr freizügig und großherzig in der Preisgabe von sich, was sie mir besonders billig erscheinen lässt. Frauen verschließen sich nur in bestimmten Situationen, und wenn sie verschlossen sind, kannst du anklopfen und nett sein und als Geschenk reichen, was immer du willst, sie sind unerreichbar, wenn sie privat gebunden sind. Dann kannst du eine Schere nehmen und die Bande durchzuschneiden versuchen, du wirst dir nur die Schere stumpf machen, denn die Bande sind zäh und halten durch und die Frau wird für dich erst wieder vereinnahmbar sein, wenn die Bande so gespannt sind, dass sie von alleine reißen, oder aber die Frau wird losgelassen mit einem Schnalzen und von den zurückschlagenden Banden getroffen, dass sie dir verwundet vor der Tür auf dem Boden liegt. Dann kannst du mit ihr machen, was du willst. Sie ist ein Körper, der nicht mehr ins Gewicht fällt. Sie geht durch den Hintereingang, wo keine Waage in den Boden eingelassen ist, weil es auch schon egal ist. Sie frisst mir aus der Hand und nicht mehr vom Teller, der auf dem Tisch in der Firmenküche steht und von den Köchen hin- und abgestellt wird, ich füttere vor allen Augen den nicht mehr ins Gewicht fallenden Körper, eine demütigende Geste, die alle anderen dazu anhält, nie so weit zu kommen, sich in Bande zu verstricken. Ich gelte als das verlässliche Sicherheitsnetz.

Solange der Körper der Frau ans Kinderkriegen gebunden ist, bleibt er Gefangener seiner selbst. Es kann zu keiner Selbstständigkeit und Selbstbehauptung kommen, wenn ein Riesenparasit die Kräfte absaugt. Waren wir früher an die Frau als Lieferant gebunden, so haben wir sie jetzt in der Hand, denn die Reproduktion läuft automatisch und die Frau ist ermächtigt, etwas zu unternehmen. Ich habe nichts dagegen, dass der Frauenkörper der Kinder entledigt ist, dass sich die Frau entfraut, dass sie sich selbst erledigt, denn jetzt endlich heißt es für sie, den gleichen Rechten und Pflichten zu unterliegen. Niemand bekommt das Leben geschenkt, jeder zahlt den Preis für seine Existenzberechtigung. Wieso soll also sie das Leben verschenken? Es wird erkämpft. Soll sie sich nur hereinkämpfen in meine Firma und mich mit ihren Kampffähigkeiten befruchten, anstatt zu gebären.

Männer sind von Anfang an gut gewesen, denn sie pfeifen aufs Kind, weshalb sie mir auch nicht lieb sind, aber besser angepasst sind sie nun einmal. Ich mag das Leben der Verdränger außerhalb der Firma nicht, aber ich möchte es auch nicht missen, denn die Verdränger werden, wenn ich als Firma gut bin, hereindrängen, und ich will all diese Kräfte in mir aufnehmen. Ich erhalte mich, indem ich züchte. Zuerst bin ich eine frauenfördernde Firma und hole mir die opferbereitesten Frauen herein, dann ist's ganz egal, ob sie Frauen sind oder Männer. Ich tausche Frauen gegen Männer aus, so oder so. Zum Schluss haben wir Männer und müssen diese Geschlechterdifferenzen nicht dauernd ventilieren. Irgendwann werden wir Unisextoiletten haben, dann habe ich umsonst die binaritätskonformen Toiletten getrennt.

Und irgendwann werden wir auch keinen Mann mehr haben, wir werden nur mehr den Menschen haben, der sich mit mir in den Ring wagt bis zum Jüngsten Tag. Der Kampf gegen mich ist aussichtslos, im Gegensatz zu meinen Angestellten, die dafür fechten, dass ich sie nicht aufreibe oder kündige, bin ich als juristische Person unsterblich. Man kann mich zerschlagen, zersetzen, auflösen und verklagen, aber man kann mich nicht einsperren, denn ich besitze keinen Leib, berge aber etagenweise Angestellte, die einen Leib besitzen, der in meinen Diensten steht. Um mich mache ich mir keine Sorgen, ich verschwinde und formiere mich neu, wo und wann ich will. Aber die Angestellten mit ihrem fixen Leib sind an Ort und Zeit gebunden und werken mit diesen Koordinaten herum, im Hier und Jetzt, die Existenz will berechtigt sein.

Jetzt bin ich vom Hundertsten ins Tausendste gekommen und habe über meine Macht gesprochen. Aber welche Macht haben Sie denn? Sie können sich mir verweigern. Als Firma bin ich geschlechtslos und geduldig. Mein vitales Interesse liegt am Erhalt der Geschlechter, um geschlechtslos bleiben zu können, glauben Sie mir. Das klingt nur paradox in Ihren

Ohren, aber das Leben ist so, wir brauchen das Gegenteil von uns. Es stimmt alles so, wie es ist, meine Damen und Herren, Sie brauchen keine Angst aufkommen zu lassen, Sie müssen sich nur eine Geheimzelle schaffen, in der Sie agieren, natürlich so, dass es keiner bemerkt, also lobbyistisch und sozial kompetent. Mischen Sie sich ins Gespräch, seien Sie ein Körper von Gewicht. In dieser Erkenntnis liegt der Erfolg meiner Firma, man darf die Differenz nicht loslassen. Ich habe es gern, wenn die Leute lachen über mich und meine Scheinzweifel und mein angebliches blauäugiges Naiveln darüber nicht ernst nehmen. Ich bin eine Verwirklichungsmaschine, meine Damen und Herren, ich möchte sichtbar sein, um nicht zu sagen, leben als natürliche Person. Dazu braucht es manchmal starke Worte.

Herzilein

Der Paravent verstellt den Blick auf das Bett. Ich kann nur die Schwestern sehen. Sie haben ein Leintuch geholt und packen es an den Zipfeln, schlagen es mit einem Ruck auf und schleudern es hoch. Der weiße Stoff bläht sich. Die Hände zurren ihn fest, spannen ihn zu einem Baldachin. Dann senken die Schwestern das Tuch. Hinter dem Paravent liegt die alte Dame. Die Schwestern werfen mir freundliche Blicke zu. Sie schieben den Paravent weg, weil sie Platz brauchen, um das Bett aus dem Zimmer zu manövrieren. Die Spitzen des dunklen Haares lugen unter dem Leintuch hervor. Die Sonne fällt auf die Tote. Die Haarspitzen werfen einen kurzen Wimpernschatten. Die Tote wird aus dem grellen Licht gerollt und zum Kasten gestellt. Die Schwestern öffnen die Flügeltüren. Der Arzt spricht mit mir, aber es gibt nichts, womit ich den Tod der alten Frau erklären könnte. Ich habe ihr Sterben nicht bemerkt, bin erst durch den Wirbel, den die Schwestern machten, aufgewacht.

Ich war zufrieden mit meiner Bettnachbarin. Die alte Frau hatte mich gleich beim Einzug ins Krankenzimmer aufgefordert, sie bitte ungeniert zu wecken, falls sie nachts schnarche. Und ich habe aufgepasst wie ein Luchs, aber nichts von ihr gehört.

Ich ertrage kein Schnarchen, auch kein lautes Atmen. Ich wollte mich erholen, um heute fit zu sein. Schließlich kann ich das Krankenhaus nach dem Frühstück verlassen und wieder ganz die Alte sein.

Ich versuche, ruhig zu bleiben. Der Tod hat nichts Erschreckendes für mich. Ich beschäftige mich mit ihm, deshalb hat er Gestalt für mich. Er lässt sich nicht anfassen, trotzdem kann ich ihn behandeln. Für seine Vanitas erneuere ich das Gefängnis. Ich befreie es vom Rost. Ich restauriere alte Metalle und kämpfe gegen die Zinnpest.

Die Arbeit musste ich unterbrechen wegen der Operation. Die Chemikalien zur Entrostung sind scharf. Die Gifte greifen die Lymphe an.

Ich möchte die Tote sehen, habe aber nicht den Mut, die Krankenschwester zu bitten, das Leintuch zurückzuschlagen. Ich bin nicht verwandt mit der Toten, man würde mich vielleicht für schaulustig halten. Der Tod hat sich eingeschlichen in den Körper meiner Bettnachbarin. Er hat sie geholt. Heimlich und von innen. Ich dachte, dass ich den Tod besser kenne, als stünde er wirklich irgendwo außen herum wie ein alter Bekannter. Doch der Tod ist kein Wesen, man kann ihn nicht bannen, er ist in jedem Leben zu Hause.

Wegen ein paar Infusionen war die alte Dame stationär aufgenommen. Sie fragte mich, ob ich allein lebe. Ich sagte nein und fragte nur aus Höflichkeit zurück.

Sie war auch nicht allein. Sie hatte einen Hund zu Hause. Ein herziges Tier, mit nur einer Schwäche: Der Hund stieg in keinen Lift.

Man könnte ihn nur zwingen, sagte sie. Da der Hund nicht größer sei als die Handtasche auf ihrem Nachtkästchen, wäre es leicht, ihn einfach zu packen und hineinzustopfen.

Diese Handtasche liegt jetzt auf dem Bett bei der Toten und wird aus dem Zimmer gefahren.

Die alte Frau klappte den kleinen Koffer auf und nahm ein paar Kleidungsstücke heraus. Bevor sie den Kasten öffnete, fragte sie, welcher Teil der meinige sei.

Sie hatte das schon mal versucht, mit der Tasche. Aber der Hund war nicht zu beruhigen im Lift. Sie konnte ihn kaum in der Tasche behalten. Ein anderes Mal hatte sie ihm eine Mütze über den Kopf gezogen. Sie zeigte mir die Mütze. Sie hat sie zum Andenken ins Krankenhaus mitgebracht. Die Mütze war die alte Pudelmütze ihres Sohnes, die zuvor ihren zwei Töchtern gehört hatte. Sie zog ihrem Hund diese mindestens vierzig Jahre alte Pudelmütze über den Kopf.

Sowohl das Gesicht samt Schnauze als auch die Ohren waren eingepackt, damit er weder sehen noch etwas hören konnte. Auch eigentlich nichts Unvertrautes riechen. Doch einer Hundenase entgeht nichts, sagte sie, und kaum waren sie im Lift, begann sein Körper zu zittern, dass es einen erbarmte.

Zweimal täglich musste sie nun zu Fuß runter und dann wieder hinauf, sagte sie. Vier Stockwerke plus Mezzanin. Dabei war der Lift neu in ihrem Haus, der war erst vor zwei Jahren eingebaut worden. Aber was soll's, ans Stiegensteigen war sie gewöhnt. Sie hat drei Kinder und Tonnen von Lebensmitteln hinauf und Tonnen von Müll hinuntergeschleppt im Laufe ihres Familienlebens. Einen Lift hat sie sich immer gewünscht. Nun hätte sie den Luxus genießen können und musste verzichten. Sie opferte sich eben für den Hund.

Ich bin ihm nicht böse, sagte sie. Was versteht schon ein Tier? Sie hat die Ausgänge für die Notdurft des Hundes von viermal auf zweimal täglich reduziert. Das sei die Konzession, zu der ihr Hund fähig sei. Sie habe auch ein Katzenklo für den Hund in der Wohnung, aber ein Hund sei eben keine Katze.

Naja, sagte sie, schaute aus dem Waschraum hervor und fragte mich, ob ich das rechte oder linke Waschbecken benütze.

Die alte Dame war nett, rücksichtsvoll und diskret. Sie verletzte keine Reviere. Sie zog sich nicht vor meinen Augen aus. Intimitäten erledigte sie außerhalb meines Gesichtsfeldes. Ich dagegen konnte schauen, wohin ich wollte, auf ihren karierten Koffer zum Beispiel oder auf die Pudelmütze. Dass sie sich zum Sterben hinlegen würde, ahnte ich nicht, und sie selbst wahrscheinlich auch nicht.

Aus dem Waschraum kam sie mit dem Gewand über dem Arm. Sie trug ein weißes Krankenhaushemd, obwohl sie eigene Nachthemden mitgebracht und zuvor in den Kasten geschlichtet hatte. Sie legte ihre Wäsche zusammen und stapelte sie ins Fach. Die Schuhe wurden unter den Staubmantel gestellt. In diesen Schuhen war sie beschwingt und flott dahingegangen, in ihren Pantoffeln schlurfte sie nun zum Bett. Ihr Haar war hübsch zurechtgemacht gewesen, als sie das Zimmer betreten hatte, dunkel noch, vom Grau durchzogen wie eine Emailmalerei, durch die bei zu schneller Abkühlung feine, helle Sprünge reißen. Im Waschraum hatte sie ihr Haar zurückfrisiert, an den Kopf geklatscht und mit einem Netz überzogen. Sie bereitete sich vor. Sie gestaltete sich krank.

Sie setzte sich aufs Bett und streifte die Pantoffeln ab.

Naja, solange ich kann, gehe ich mit ihm halt runter, sagte sie und blickte auf ihre Füße. Er ist ja ein betagter Kerl, sagte sie und legte sich seufzend hin, zog die Beine hoch und steckte sie unter die Decke. Eine Weile lag sie auf dem Rücken und starrte hinauf. Dann bat sie mich, auch ruhig etwas zu sagen, wenn mir ihr Gerede auf die Nerven gehe.

Mir ging ihr Gerede nicht auf die Nerven. Ich konnte nur selbst schwer mitreden, da meine Mandeln frisch herausoperiert waren. Ich fragte, wo das Hündchen denn nun sei.

Im Heim, sagte die Frau.

In einem Tierheim?

In einer Hundepension, für die paar Tage, das ging nicht anders. Aber es ist ein Heim, sagte sie. Ein Hof mit Zwingern und ein paarmal Auslauf pro Tag. Natürlich gibt es dort keinen Lift. Die Mütze hätte sie ihm sonst dort gelassen. Die Hundepension ist in einem Hinterhof untergebracht, und jeder Hund hat seine Hütte.

Natürlich ist ihr Hund Ansprache gewohnt. Na, er wird ihre Ansprache umso mehr schätzen, wenn sie wieder beisammen sind.

Die Frau bekam Vitaminpräparate direkt in die Vene getropft und Schmerzmittel gegen ihre Rheumaschübe. Ich schlummerte, während sie erzählte. Ihre Ausdrucksweise war klar und plastisch genug, um sich das Hündchen und eine Hundepension vorzustellen zu können. Ihre Stimme war beherrscht und fest, sie erzählte ja nichts Aufregendes.

Die alte Frau war entspannend für mich. Sie fügte sich in ihre Rolle als Patientin und genoss das Liegen genau wie ich.

Sie hat einen Schwiegersohn, der hier im Krankenhaus als Patientenanwalt arbeitet. Er wird mich besuchen kommen, und ich werde ihn Ihnen vorstellen, sagte sie.

Ich fühlte mich gut versorgt und abgesichert. Meine Operation ist ohne Komplikationen verlaufen. Mit einer Gefahr ist nicht mehr zu rechnen.

Es schadet bestimmt nicht, einen Patientenanwalt in der Familie zu haben, sagte ich.

Die alte Dame starrte zur Decke und reagierte nicht.

Später erhielt sie mehrere Anrufe. Jedem erzählte sie, dass sie hier in einem wunderschönen Zimmer liege und Ärzte habe, die bisher gut geschnitten hätten. Dass ihr Hündchen in einem Heim sei, also einem Pensionat für Hunde, mit Auslauf und eigenem Zwinger und so weiter, und dass er sich freuen würde, wenn er wieder bei ihr wäre. Sie verwendete stets nahezu die gleichen Worte für dieselbe Geschichte.

Ich bemerkte, dass sie ihre beiden Töchter jeweils mit Herzilein anredete. Manche Anrufer nannte sie Tante. Die alte Frau hatte natürlich keine Tante mehr, doch zwei Schwestern, und beide kümmerten sich telefonisch um sie.

Der Bruder sei schon seit Jahren tot. Die alte Frau legte die Hände auf den Brustkorb und die Lymphknoten am Hals. Sie zeigte mir, wo überall der Onkel Bert schon Metastasen hatte, und zum Schluss seiner Leidensgeschichte hielt sie die Hände an den Kopf, der auch verkrebst war.

Die Tochter rief wieder an. Die Tante Babs, mein Herzilein, und die Tante Christa, mein Herzilein, sie werden zusammen ein Taxi nehmen. Zu ihrer Hundegeschichte fügte sie an, dass auch ihre Freundin, die Roswitha von so und so, der Name war mir aus irgendeinem Grund geläufig, nach dem Hund sehen werde.

Die alte Dame bekam noch vor dem Mittagessen Besuch. Ältere Frauen mit aufgeklebten Fingernägeln kamen. Nachbarinnen, die die Blumen gossen und die Post holten. Die Rechnungen brachten sie ihr gleich jetzt herüber. Sie wohnten nicht weit von der Klinik. Sie stellten sich ans Fenster und suchten das Haus. Sie tippten mit ihren Fingernägeln auf die Scheibe ein, stritten, in welcher Himmelsrichtung das Haus liege. Die Nachbarinnen sagten, dass die alte Dame hier gut aufgehoben sei und dass sie zu Hause keine Ruhe geben könne, deshalb sei das Krankenhaus die richtige Entscheidung gewesen. Noch dazu, wenn das Krankenhaus ein Privatsanatorium sei.

Die alte Dame sprach vom Hund und von Roswitha von so und so. Die Frauen mit den aufgeklebten Fingernägeln kannten die Geschichte, sie schauten gelangweilt zum Tropf, dann zu den Stadtansichten in den Bilderrahmen. Die alte Dame ließ sich nicht irritieren und setzte fort, dass Roswitha von so und so die Verwandte einer Hofdame der Sisi sei.

Ich war mir sicher, sie erzählte das für mich, damit ich erfuhr, dass sie Gesellschaft pflegte mit der Verwandtschaft einer höheren Gesellschaftsschicht. Sie wollte mir signalisieren, dass sie nicht eine gewöhnliche Alte mit Hündchen sei, sondern eine Dame mit Geschichte. Vielleicht wollte sie auch Distanz herstellen, zwischen den Besucherinnen und sich selbst, denn die Nachbarinnen mit den aufgeklebten Fingernägeln und den dick vom Lippenstift glänzenden alten Mündern passten nicht zu ihrer eleganten Schlichtheit. Wahrscheinlich hatte die alte Frau Instinkt. Die Nachbarinnen waren nicht wegen ihr gekommen, sondern um sich umzuschauen. Sie musterten die Bettwäsche und spürten mit den Augen jede Ritze auf, in der sich Staub ansammeln könnte. Sie suchten die Wände ab, und endlich entdeckten sie einen Mangel. Es fehlt ein Kreuz im Krankenzimmer. Sie fragten sich, ob man im Sanatorium überhaupt den Priester rufen könne. Ob es hier überhaupt eine Seelsorge gebe. Die Blicke huschten verstohlen über meinen samtenen Morgenmantel hinweg zu den Blumen am Tisch vor dem Fenster. Weiter trauten sie sich nicht. Als ich mich schlafend stellte, glotzten sie ungeniert herüber und fragten leise, wer ist sie denn und was hat sie?

Die alte Dame flüsterte, dass ich bald entlassen würde.

Für das Mittagessen wurde sie vom Schläuchlein entkabelt, damit sie besser mit Messer und Gabel hantieren konnte. Ich bekam Zwieback. Bröseliges verhindert ein Verkleben der großen Wunde, hinten bei den herausgeschnittenen Mandeln. Noch während des Mittagessens erschien der Patientenanwalt und ich wunderte mich, dass er sich nur erkundigte, ob das Essen schmeckte. Die alte Dame lobte das Essen und nahm sich vor, ihre Roswitha fragen zu lassen, ob der Hund bekomme, was sie ihm mitgegeben hatte. Sie stellte uns einander nicht vor. Sie hatte es vergessen, dachte nur an den Hund.

Dem geht's gut, sagte der Patientenanwalt und versprach, am Nachmittag wiederzukommen.

Sie sagte, aber nur wenn du Zeit hast, Herzilein.

Kurze Zeit darauf kam die erste Tochter. Ich erschrak ein wenig, denn sie sah selbst aus wie eine alte Frau. Auch ihr Gatte kam mit, ein kleiner, gedrungener Mensch mit ziemlich schmutzigen Händen. Er redete kaum, und wenn, dann nur von der Werkstatt. Die Tochter sah abgekämpft aus und ich bildete mir ein, sie weinen zu sehen, als sie aus dem Fenster blickte. Die alte Frau hing wieder am Tropf und erzählte vom Hund und von Roswitha und fragte, ob die Tochter Roswitha erreichen könne.

Die Tochter sagte, da mach dir keine Sorgen. Ist der Peter schon hier gewesen?

Der Peter? Du, der hat so viel zu tun.

Na, war er hier?

Vielleicht, dass mir der Peter die Roswitha anrufen könnt?

Ich erledige das.

Kinder, ich komm mir vor wie in einem Luxushotel.

Am Nachmittag telefonierte sie mit dem anderen Herzilein. Die zweite Tochter ist Anwältin, aber nicht für Patienten, sondern für normale Menschen, sagte sie. Danach meldeten sich Tante und Tante bei ihr.

Um fünf kam ihr Sohn, ein erschreckend großer Mann, der den Kopf einziehen musste, um nicht mit der Stirn gegen den Türbalken zu knallen. Kaum stand er im Zimmer, verschoben sich die Dimensionen. Die Einrichtung schrumpfte zu Puppenmöbeln. Auch er war eigentlich alt, wenn man bedachte, wie nah für die alte Frau die Erinnerung an das geschwächte Kind war. Immer hatte sie ihren Sohn gut eingepackt, damit sich nicht dauernd die Kehle und das feine Gehör entzündeten, ein Herzilein, das erst mit vierzehn so richtig gewachsen ist, aber in diesem Alter bereits Gesang studiert hat. Er strebt heute eine Anstellung im Chor der Staatsoper an.

Ich hatte mir einen dicklichen und aufgeblasenen Tenor vorgestellt, stattdessen stand nun ein leptosomer Riese zwischen unseren Betten, der seinen Bass dämpfte, und trotzdem donnerte sein Grüß Gott, als umspannten seine Rippen nicht einen gewöhnlichen Brustkorb, sondern den Resonanzraum einer Kirchenkuppel. Ich richtete den Blick auf den Boden, um ihn nicht anzustarren. Seine langen Spinnenbeine schritten über das Fugennetz des gemusterten Linoleums. Er holte sich einen Stuhl und stellte ihn neben das Bett der alten Frau. Seine Knie bohrten sich in die strengen Bügelfalten. Er ging regelrecht in die Hocke, bevor er das flache Gesäß auf den Stuhl setzte. Dann streckte er die Beine aus und überkreuzte die Füße. Er trug maßgeschneiderte Schuhe. Ich konnte Spreizfußabsätze erkennen, außen abgetreten, genau wie bei meinen Lieblingsschuhen.

Er ist zu groß für einen Chor, dachte ich, er braucht sich gar keine falschen Hoffnungen zu machen. Die Homogenität eines Chores würde er sprengen und um Köpfe überragen. Er wird die Stelle in der Staatsoper nie bekommen.

Die alte Dame wirkte wie sein kleines Kind. Sie redete vom Hund und er kürzte die Geschichte ab, jetzt denk an dich. Sie redete von Roswitha, ihrer allerbesten Freundin, und er unterbrach, ich weiß, Mutter, ich weiß, das hast du mir schon tausendmal erzählt.

Ich fand seinen Unterton schneidend, dem Alter und der Würde seiner Mutter nicht angemessen. Undankbar. Immerhin hatte sie ihn gefördert und nicht nur großgezogen. Die Tochter war vielleicht ein wenig verwahrlost, würde ich sagen, nicht gut untergebracht, doch wesentlich liebevoller mit ihr. Der Sohn war nicht verheiratet, mein kurzer Blick konnte jedenfalls keinen Ring entdecken. Er hat keinen Job und keine Frau, dachte ich, nur ein Problem. Mit der Korrektur seiner Größe wüchse vielleicht das Verständnis für seine alte Mutter. Trotzdem hätte er mehr Takt beweisen können. Immerhin lag auch ich hier und hörte zu.

Möchtest dir was vom Buffet holen.

Nein, bitte, sagte er.

Sie hatte noch ihren Nachmittagskuchen auf dem Tablett, ob er den wolle.

Nein, Mutter. Ich ess doch nie was, sagte er. Der Größe nach musste er Unmengen verschlingen, um seinen Organismus überhaupt aufrecht zu erhalten.

War der Peter da?, fragte er.

Ach, ja.

War er da?

Was bist du jetzt böse?

Ich beobachtete aus dem Augenwinkel, dass er sich an die Stirn griff. Er verdrehte wahrscheinlich die Augen. Er hielt sich die große Hand vor, und bevor er sie wieder herunternahm, hatte sich sein Unmut gelegt. Sein Gesicht war hübsch, sobald er sich entspannte. Die Augen waren groß. Die alte Frau verstummte und sah ihn an. So saßen sie ein paar Sekunden einander gegenüber, und dann warf er plötzlich einen Blick zu mir.

Ganz diskret lag ich in meinem Bett und schaute in das Habsburgerbuch, blätterte die Seite um.

Die Roswitha, begann die alte Frau.

Und der Hund, sagte er.

Was bist du schon ...?, zischte sie leise.

Als er ging, ließ er die Schultern nach vorn fallen. Er wurde ein wenig kleiner dadurch, doch wölbten sich die Schulterblätter und bildeten einen Buckel, den das Sakko nicht verstecken konnte. Trotzdem gelang es ihm, ohne sich weiter zu ducken, mit nur leicht gesenktem Kopf, haargenau durch die Tür zu passen.

Die alte Frau telefonierte mit ihren Schwestern. Sie würden erst morgen kommen, also heute, einen Fresskorb und Sekt mitbringen.

Ich muss Diät halten, sagte die alte Frau. Dann lachte sie und hielt sich den Hörer weit weg, genau in meine Richtung. Ich konnte das empörte Gekreische der Schwestern hören.

Nachdem sie aufgelegt hatte, ruhte die alte Dame und lächelte vor sich hin. Plötzlich sagte sie in das Weiß der Zimmerdecke, diese Tanten sind doch Hexen.

Ich spielte die Verwirrte, indem ich wie aus der Konzentration gerissen von meinem Buch direkt zu ihr aufschaute. Sie hatte ihren Blick auf den dreieckigen Bügel gerichtet. Sie schubste ihn an und summte einen Marsch zu den Schwingungen.

Am Abend kam noch einmal Peter, also der Patientenanwalt. Ich grüßte ihn wie einen alten Bekannten. Er wünschte auch mir eine gute Nacht.

Die alte Dame entschuldigte sich für den Wirbel den ganzen Tag über. Sie hoffte, mich nicht arg gestört zu haben. Ich schüttelte den Kopf und war eigentlich froh, dass sie nicht den Fernseher oder das Radio angedreht hatte.

Sie fragte mich mitleidig, wieso ich denn keinen Besuch erhalte und keine Anrufe.

Ich erklärte, dass ich morgen, also heute, schon hinauskäme und schwer reden könne, daher keine Anrufe.

Sie wiederholte nochmals, dass ich sie wecken solle, falls sie schnarche. Es sei kein Problem für sie, geweckt zu werden. Sie wisse, wie entsetzlich das sei, wenn jemand schnarche, und sie bat mich inständig darum, sie gegebenenfalls wachzurütteln. Ich versprach es.

Sie stand auf und wollte in den Waschraum, ging aber zur falschen Tür hinaus. Eine Krankenschwester brachte sie sofort zurück und sagte, hier ist Ihr Waschraum, direkt in diesem Zimmer.

Die Schwester verließ sie nicht und war ihr behilflich, führte sie dann auch zu Bett und nahm ihr Thermometer wie auch meines mit.

Ich schluckte das Schmerzmittel.

Die alte Frau stieg nochmals aus dem Bett und stand etwas verwirrt und ziellos im Zimmer herum.

Ich fragte, was sie suche, ob ich ihr helfen könne. Ich braute mir ein Bild ihrer Krankheit zusammen. Ein diffuses Gewölk von Gedächtnis und Orientierungsverlust, vielleicht hatte sie eine Art Schlaganfall, Stoffwechselprobleme, oder beginnenden Alzheimer. Onkel Bert fiel mir ein und seine Metastasen. Ich erschrak nicht darüber. Die alte Frau rührte mich, aber ich wollte weder gerührt noch betroffen sein, mich in Ruhe erholen und nach dieser Nacht das Krankenhaus verlassen.

Sie antwortete mir fest und willensstark, nein, nein, bleiben Sie nur, ich schaff das schon.

Sie marschierte in den Waschraum und ich hörte genau hin, ob sie auch dort blieb. Ich richtete meine Gedanken auf praktische Dinge, nicht auf ihr Leben und ihre Geschichte. Ich befürchtete in diesem Augenblick nur, dass sie vielleicht, falls sie nochmals die Zähne putzen wolle, in ihrer Verwirrung meine Zahnbürste benützen könnte. Ich hörte kein Wasser rauschen. Ich hörte Bürstenstriche, das Knistern von Haar, das Wetzen eines Kammes, elektrostatische Entladungen. Stille. Kramen. Wer weiß, in welchen Sachen.

Haben Sie einen Handspiegel?, fragte sie mich.

Ich rief ihr zu, dass doch ein Spiegel an der Wand hänge.

Die Frau kramte unbeirrt weiter.

Na gut, sagte ich, in meinem Waschbeutel befindet sich ein Handspiegel.

Sie schien ihn schon gefunden zu haben. Ich hörte ein befriedigtes *so!* und *so!* und *so!*. Darauf folgte ein langes Zischen. Der klebrige Geruch von Haarspray verpestete das Zimmer. Ich würde das Fenster öffnen, sobald sie schlief, beruhigte ich mein aufwallendes Unverständnis.

Als sie aus dem Waschraum kam, schimmerte die zerbrechliche Gestalt durch das hellblaue Nachthemd, das sie jetzt trug. Die alte Dame hatte sich umgezogen und für das Bett fertig gemacht. Ihr Haar war toupiert und zu einer großen Frisur drapiert, glitzerte, wo der Lack noch perlte. Sie schien Situationen durcheinanderzubringen. Erwartungsvoll stand sie da und zwinkerte mir zu, als wäre ich ihr Kavalier. Das künstliche Licht schmeichelte dem weißen Gesicht, glättete die Textur ihrer alten Haut. Ich begann Details an dieser Frau zu erkennen, Unterschiede wahrzunehmen, die ich gar nicht wahrnehmen wollte. Ein paar Stunden vor ihrem Tod verjüngte sie sich um Jahre. Als hätte sie Krähenbeize verwendet, um die Falten wegzureiben. Wäre die Tochter neben ihr gestanden, man hätte sie für ihre Schwester gehalten. Auch mich. Ich habe zwar dunkles Haar, doch es ist gefärbt, in natura wäre es sogar noch grauer als das Haar der alten Frau. Sie lächelte mich mit ihren warmen, blassen Augen an und wünschte mir eine schöne Nacht in diesem schönen Zimmer. Ihre Stimme hatte eine Feierlichkeit, als ginge es um die Eröffnung eines Balls. Ihr Nachthemd war zauberhaft und kindlich. Unglaublich, dass diese zierliche Person einen Riesen hervorgebracht hatte. Die alte Dame war jünger und leichter als Baby Jane.

Sie drehte eine Pirouette und schwebte im bauschigen Stoff. Natürlich wurde ihr schwindlig und sie legte sich hin mit der prächtigen Frisur. Ich wollte sie darauf aufmerksam machen, dass das Haar abbricht, wenn es steif gesprayt im Schlaf hin und hergewälzt wird. Ich unterließ es. Ich hielt es für unwesentlich, was sie mit ihrem Haar anstellte. Es war ihr Haar, nicht meines.

Die alte Frau schlief sofort ein und lag da wie eine Puppe. Deshalb schaute ich auch immer wieder zu ihr hin. Beobachtete, wie sich der Brustkorb hob und senkte. Ihre Stille war mir nicht unheimlich. Sie war mir willkommen. Ich musste mich nur vertraut machen mit der Schlafenden im Galakleid. Sie hatte sich nicht zugedeckt. Es war warm genug im Zimmer. Ich öffnete nicht das Fenster. Vielleicht wollte sie auch ihr Nachthemd nicht verdrücken und ruhte deshalb steif wie eine der lebensgroßen Figuren auf den Prunksarkophagen in der Kaisergruft.

Ich drehte den Fernseher an, lauschte mit Kopfhörern den Nachrichten und dem Schweigen von Ingmar Bergman. Etwa in der Mitte des Films vernahm ich durch den Kopfhörer hindurch ein leises Schnarren. Ich schaute hinüber. Die alte Frau schlief. Ich konzentrierte mich auf das Schweigen. Im Kopfhörer schnarrte es weiter. Bestimmt eine Viertelstunde lang. Ich versuchte das Geräusch zu verdrängen. Dann wechselte ich die Kanäle, aber das Schnarren hörte nicht auf. Ich räusperte mich und hustete und bewegte mich laut im Bett. Ich drehte den Ton stärker, das Schnarren wuchs an. Ich setze die Kopfhörer ab, das Geräusch hatte sich längst in meine Ohren gefressen. Ich hörte es im ganzen Zimmer. Die alte Frau schlief ungestört dahin. Ich wollte sie wecken. Das Schnarren ging nicht weg. Ich wollte sie fragen, ob sie es auch höre. Ich wartete ab. Überlegte, wie ich sie aufwecken sollte. Da ich nichts berühre, was ich nicht gut kenne, versuchte ich sie wachzurufen, auch wenn ich nur wie ein Rabe krächzte. Ich strapazierte meinen ausgekratzten Hals. Ich stütze mich auf, drehte mich zu ihr und setzte meine Stimme an. Ich kannte nicht einmal ihren Namen, weiß bis jetzt nicht, wie sie heißt. Ich rief mehrmals *Frau!* hinüber. Wäre sie aufgewacht, hätte ich gesagt, dass sie schnarche und sie dann auf das Schnarren im Zimmer angesprochen. Sie gab keinen Mucks von sich, rührte sich auch nicht, vielleicht war sie schon tot. Vielleicht hat der Arzt recht. Das Schnarren hörte trotzdem nicht auf. Ich versuchte das *Herzilein.* Zu einer fremden Frau Herzilein zu sagen ist merkwürdig. Ich äffte nur. Sie reagierte nicht. Ich übte das Wort im Kopf, brüllte es gegen das Schnarren in den Ohren an. Wahrscheinlich gelang mir ein Zischlaut gegen den Tod, wenigstens ein Tropfen, und wenn der Tod ein heißer Stein ist, weiß ich, warum ich so schwitzte.

Weder ein Seufzen, noch ein Stöhnen, sage ich dem Arzt, nichts habe ich gehört. Das Schnarren behalte ich für mich. Es gibt Leute, die sich hinlegen und sterben, ohne dass ein Ringen um Luft oder sonst ein Kampf ausgefochten werden muss.

Beneidenswert, sagt der Arzt, wenn man bedenkt, was für eine Gewalt der Tod sonst hat.

Tote schrecken mich nicht. Ich habe auch schon Kaisern ins Gesicht geschaut, obwohl das sehr selten vorkommt, dass ich einen Zinnsarg öffnen muss. Die Korrosion muss weit fortgeschritten sein, damit sich das Brimborium einer Umbettung lohnt. Selbst der Anblick verwester Gesichter bringt mich nicht aus der Fassung, wenn ich vorbereitet bin. Doch der leise, schöne Tod verdirbt meine Gelassenheit.

Ich habe schlecht geschlafen, aber doch. Ich verlange, dass man mir beim Packen hilft. Ich will schnell in mein Leben zurück und nicht zusehen, wie man die Sachen der alten Dame ausräumt. Die Schwester versteht mich, sie hilft mir und fragt vorsichtig, welcher Teil des Kastens der meinige ist.

Türen schließen

Er brachte sie zum Zug und die Liebe war groß und der Abschied scheußlich. Die Trennung hätte ein paar Wochen nur gedauert, ihre Geduld in Anspruch genommen, doch sie fühlten ihre Liebe schon geprüft, allein durch diese traurige Aussicht. Ulrich war sich sicher gewesen, dass dem Abschiedsschmerz keine Spur von Sentimentalität anhaftete. Agathe und er lächelten einander an, jeder zeigte so viel von seiner Wehmut, dass der andere sich der Tapferkeit bewusst werden konnte, mit der aufsteigende Tränen unterdrückt wurden.

Er hatte seinen Arm um ihre Schulter gelegt und sie den ihren um seine Hüften. Sie küssten einander verschlingend vor dem Fahrkartenschalter, vor der Gepäcksaufgabe und auf der Rolltreppe, die sie hinauf zu den Bahnsteigen brachte. Sie küssten einander verschlingend vor dem Waggon, in dem der Platz für Agathe reserviert war, der sie fortbringen sollte. Sie küssten einander verschlingend, verzweifelt und zugleich mit der nüchternen Feststellung, dass sie jetzt kitschigerweise eine Vorstellung als klassisches Liebespaar abgeben mussten.

Eine Frau mit einem Kind an der Hand antwortete auf die Frage des Kindes, weshalb die beiden sich küssend weinten, dass die zwei sich trennen müssten. Agathe und Ulrich hatten diesen Abschied bewusst so knapp geplant, dass die Heftigkeit der Küsse und Umarmungen sich praktisch bis zum Anpfiff des Zugführers steigern konnten, aber nicht den Höhepunkt erreichen. Diesen wollten sie beim nächsten Zusammentreffen anstreben, das würde die Anknüpfung erleichtern und die Sehnsucht nähren, dachten sie jeder für sich. Der Aufschub ist ein brauchbares Instrument zur Dosierung der Gefühle und der Verlängerung ihrer Dauer. Womit die beiden nicht rechneten, war, das Nicht-Ertönen des Abfahrtssignals. Über die Lautsprecher wurde keine Aufforderung zum Einsteigen verkündet, stattdessen eine einstündige Verspätung des Zuges. Man kann das als Katastrophe bezeichnen, denn jetzt wurde ihre Küsserei sinnlos.

Ulrich nahm Agathes Tasche und sie gingen über den Bahnsteig zurück in die Halle. Sie schritten ihre Inszenierung zurück, der Abschied kam beiden fehlerhaft vor. Die Verschlungenheit ihrer Extremitäten samt Zungen ließ sich nicht wiederholen, als schämten sie sich voreinander, oder als schämte sich die Zukunft vor der Vergangenheit, als sie den langen Weg durch die Halle zurückmarschierten und immer ernster wurden. Aus Enttäuschung darüber, dass sie nicht getrennt waren? Beide verbargen den Gedanken daran, und dabei gab es nichts zu verbergen. Es ist eine Frage des Umgangs mit Zeit, die einmal zu viel sein kann. Was tun, um fortzusetzen? Sie schritten die Treppe hinab, parallel zur hochfahrenden Rolltreppe, wodurch das Gefühl des Abstiegs verstärkt wurde. Automatik und Physikalität. Ulrich riss den Kopf herum und blickte in die Kamera, die alles aufzeichnete. Das Hin und Zurück war ihre Episode, eine Erfassung seines und ihres Lebens, das er mit ihr teilte und umgekehrt, in einem Fragment in Fragmenten.

Wie zufällig war Agathe dabei, und plötzlich sprach er ihr die Notwendigkeit ab, mit ihm zusammen auf derselben Stufe zu stehen und abwärts zu schreiten. Seltsam ähnlich waren sich die Reisenden und Agathe fiel auf, dass mehr als die Hälfte der Leute schwarze Mäntel trugen. Was nicht stimmt, warf Ulrich ein und behauptete, dass der Grauanteil wesentlich höher sei. Er nahm den Arm von ihren Schultern und sie verstand das Zeichen der Auflösung und zog auch ihren Arm zurück. Ulrich brachte den Mut nicht auf, ein Taxi zu nehmen und ihr zu sagen, dass er ins Büro fahren müsse oder einen dringenden Termin habe, um sie los zu sein. Agathe wüsste, dass er lügt, denn er hat nichts Besseres zu tun, als nun mit ihr die Zeit herumzubringen bis zur tatsächlichen Abfahrt.

Agathe ärgerte sich über die Verspätung, sagte aber nichts, da sie ihn nicht beleidigen wollte und die Stimmung verderben. Sie hatte sich bereits eingelebt in die Aufregung, mit der sie an ihn denken wollte. Nun ging er nebenher, gab ihr die Tasche zurück und steckte die Hände in seine Manteltaschen. Sie hatte das falsche Paar Schuhe an. Es waren die Schuhe einer Geliebten, hochhackig, spitz, trippelnden Schritts. Sie konnte nicht mithalten und fiel zurück. Auch der Rock war falsch gewählt. Sie hätte Hosen anziehen sollen. Für eine Reise, um bequem zu sitzen, sind Hosen angebracht und keine engen Röcke. Die Bluse hatte einen zu großen Ausschnitt und die Jacke war zu exaltiert mit den Trompetenärmeln. Agathe fand sich zu fein gekleidet für einen Bahnhofsaufenthalt.

Gehen wir einen Kaffee trinken? Willst du dir eine Zeitung kaufen? Oder Pralinen oder Obst?

Später.

Gehen wir einen Kaffee trinken.

Sie wich den verheißungsvollen Blicken aus, die am Boden lagen und ihr unter den Rock schauten, als sie an der ausgebreiteten Zeitungsvielfalt vorbeitrippelte. Der Kolporteur schaute gar nicht hin. Damit Agathe besser folgen konnte, bot ihr Ulrich seinen Arm an. Zu Hause würde er die Post durchsehen und die Postwurfsendungen lesen, um in Erfahrung zu bringen, mit welchen Slogans Supermärkte ihre Sonderangebote offerieren, um sich so in seine Medienbeobachtung einzustimmen und das Monitoring für die noch immer staatliche Fernsehanstalt durchzuführen. Außerdem wollte er eine Radiosendung entwerfen und endlich seine Ideen vertiefen. Alles unterlegt mit der Freude, dass auch Agathe an ihn denken würde, wie er an sie, aus diesem Gleichgewicht bezöge er Energie.

Jetzt saß er in einer Lücke fest, ganz logisch, auch aus Lücken besteht ein Netz. Agathe fädelte sich ein und überlegte, ob sie überhaupt rechtzeitig ankommen würde oder die Reise gleich verschieben sollte.

In der Bahnhofsrestauration saßen sie einander gegenüber und Agathe schaute durchs Fenster hinunter in die Halle. Das Fenster war nicht sauber, sie ekelte sich nicht vor den Fettabdrücken, was Ulrich unangenehm auffiel. Als sie mit dem Ärmel die Scheibe polierte, um hinaus auf die Bahnhofsuhr zu schauen, dachte er, dass er ihr sein Taschentuch anbieten könnte. Aber sollte er sie deshalb behandeln wie ein Kind? Pass auf, du machst dich schmutzig, nimm das angeschnäuzte Taschentuch von mir. Sie war doch selbst verantwortlich für das, was sie tat. Sie war weder ein Kind noch eine Frau, die man sich hält. Agathe gefiel ihm, aber genau genommen gefiel ihm jede Frau ihrer Statur, mit diesem Gewand und dieser Selbstständigkeit, die sie zu einer Selbstversorgerin machte. Eigentlich könnte sie etwas zur Unterhaltung beitragen.

Wenn wir mehr Zeit hätten, dachte sie, dann könnten wir zusammenziehen und sehen, ob wir einander aushalten. Hier in der Bahnhofsrestauration gab es darüber kein Gespräch zu führen. Hier war keine Abmachung zu treffen, nur eine Art Fluchtpunkt für Zustände zu finden, in die sie nicht schlittern wollte.

Er nahm ihre Hand, um wenigstens körperliche Wärme zu vermitteln. Seine Hand war ihr jedoch zu kalt und sie führte sie an die Lippen. Hauchte die Fingerspitzen an und überlegte, was sie sagen könnte. Er streichelte mit dem Daumen über ihre frischen Konturen, sanft, um sie nicht zu verwischen. Sie hauchte etwas. Er warf die Augenbrauen hoch und richtete das Ohr neugierig, den Kopf senkend und den Blick zu ihr hebend, auf den angemalten Mund. Hoffentlich verspäte ich mich nicht, sagte sie. Seine Enttäuschung über diesen Satz zeigte er nicht. Sie wollte etwas Bestimmtes damit ausdrücken, und genau betrachtet hatte sie recht, sie sprach für ihre Interessen.

Der Zug wird die Stunde einholen, sagte er, vorausgesetzt, es kommt sonst nichts dazwischen.

Was soll denn dazwischenkommen?

Eine Entgleisung vielleicht. Zur Verspätung ist es womöglich auch durch eine Entgleisung gekommen, auf dieser Strecke ist das nicht ungewöhnlich. Oder ein Selbstmord, das ist auch nicht unmöglich. Vielleicht hättest du überhaupt fliegen sollen, sagte er, aber wer weiß, vielleicht wäre das Flugzeug abgestürzt, und vielleicht sind Verspätungen ja auch für etwas gut.

So schwarzseherisch kenn ich dich gar nicht.

Ich überleg nur hin und her.

Hätte ich das Flugzeug genommen, hätte ich schon gestern abreisen müssen.

Das wär schade gewesen. Nimmst du Melange?

Lass nur, ich seh sie, und was nimmst du? Schwarz?

Die Kellnerin kam nicht an den Tisch, schaute nur kurz her und hob ihre rechte Augenbraue, fragend, genau wie Ulrich gerade vorher, aber weil bei ihr die Härchen gezupft und der Bogen aufgemalt waren, hatte sie einen Anstrich von Marlene Dietrich. Zwei Kaffee, rief Agathe zum Buffet hinüber. Die rechte Augenbraue senkte sich, die Kellnerin nahm Notiz.

Ulrich streichelte Agathes Handrücken dauernd und immer gleich, also wie mechanisch. In der Bahnhofsrestauration saßen nur wenige Leute herum. Ein Gehbehinderter und ein hustender Mann, der sich an seinem Glas festhielt und in den Rotwein stierte, ihn aber nicht trank. Sie hätten jetzt über die Leute reden können, Ulrich und Agathe, aber über Schicksale sprechen wäre unappetitlich, dachte jeder für sich. So schwiegen sie vor sich hin, und die Warterei auf den Kaffee ging ihm auf die Nerven, und Agathe fragte sich langsam, was ihre Leidenschaft überhaupt ausmachte für Ulrich, der ihr noch immer über den Handrücken streichelte, so dass in ihr der Wunsch aufstieg, sich genau an dieser Stelle zu kratzen. Was machst du heute noch?, fragte sie gereizt, als wüsste sie das nicht.

Und du?

Lesen und mich vorbereiten.

Ich auch nicht viel mehr.

Agathe entdeckte erst jetzt das Pärchen, das sich im hintersten Winkel bemerkbar machte. Junge Leute. Schulschwänzer, Demonstranten, die angereist waren und noch Zeit hatten? Zu wenig Geld für ein Stundenhotel, aber genug Lust im Leib. Das zärtliche Gemenge unter der Tischkante konnte Agathe sehen, wie ihre linke, seine rechte Hand über die Bünde kletterten und von oben, ohne die Knöpfe zu öffnen, hinter die Stoffe glitten.

Wo bleibt der Kaffee, rief Ulrich plötzlich in den Hintergrund zum Buffet. Warum ist er so ungehalten? Sieht er nicht, dass die Kellnerin gerade einen Behinderten bedient? Und überhaupt, weshalb diese Ungeduld? Immerhin hatte er eine Stunde mit Agathe geschenkt bekommen. Die Kellnerin bewegte sich nicht schneller wegen seiner aufsässigen Art. Nur die Aufmerksamkeit des Pärchens störte Ulrich mit seinem fordernden Unterton, beide glotzen jetzt herüber. Agathe schaute drein, als hätte sie nichts gesehen.

Soll ich mich zerreißen, oder was, sagte die Kellnerin.

Entschuldigung, sagte Ulrich, aber die Dame muss zum Zug.

Dann soll sich die Dame selbst den Kaffee herunterlassen, sagte die Kellnerin.

Ich lade dich ein, flüsterte Ulrich Agathe zu.

Lad dich selber ein und verwende mich nicht als Ausrede für deinen Ärger, dachte sie.

Sei doch nicht so unfreundlich, sagte sie und augenblicklich wurde ihr bewusst, dass sie ihn zum ersten Mal laut kritisierte.

Ulrich sagte, ich hab mich entschuldigt.

Du hast mich benützt, mir die Schuld zugeschoben, mich zum Grund für deine Unfreundlichkeit gemacht. Das nennst du also Entschuldigung.

Ulrich zog den linken Mundwinkel in die Wange und lächelte schief. Zum ersten Mal sah er verächtlich aus. Machst du mir Vorwürfe?, fragte er.

Agathe ließ die Hände unterm Tisch verschwinden, als könnte sie sich damit ganz zurückziehen. Auf jeden Fall war ihm das Gefurche in ihrer Lebenslinie unmöglich gemacht, seit sie ihm die Handinnenfläche angeboten hatte.

Was ist?, fragte er.

Gehst du abends ins Kino?

Ich weiß überhaupt nicht, ob ich Lust aufs Kino hab.

Das heißt aber nicht, dass du nicht ins Kino gehen wirst müssen. Du hast gesagt, du musst schon allein wegen deines Jobs jeden neuen Film ansehen.

Ist das jetzt ein Verhör?

Du kannst mich auch verhören.

Wie schnell wir in einen Streit geraten, dachte Agathe und ihr fiel auf, dass sie dabei ganz ruhig wurde. Ulrich schwitzte dagegen, schien aufgeregt zu sein. Der Schweiß trieb sich aus den Poren seiner Nasenflügel. Offenbar fühlte er dort nichts, denn er wischte sich die Tröpfchen nicht ab. So sah er schwächlich aus, wie von Angstschweiß nass, und dabei wollte ihn Agathe stark und mutig finden, weil sie glaubte, dass man alles an seinem Partner stark und mutig finden müsse, zumindest solange die Verliebtheit noch nicht umgeschlagen hat. Stark, im Sinne von unsterblich, und unsterblich macht mutig. Ulrich war unsterblich und sie war unsterblich, solange sie ineinander verliebt waren. Unsterblich für eine Woche, für diese Stunde und mit etwas Glück über sie hinaus.

Ich gehe bestimmt ins Kino, sagte sie. Soll ich dich anrufen und sagen, welchen Film ich mir anschaue?

Wenn du willst, sagte er.

Die Kellnerin brachte den Kaffee, sie schien Ulrich verziehen zu haben. Sonst noch Probleme?, fragte sie versöhnlich.

Nein, danke, sagte er.

Darauf sagte Agathe auch nichts mehr, gab ihre Wahrnehmung der Lähmung, dem Schauen und damit dem Pärchen hin, fing dazu die Trostlosigkeit des Raumes ein und fragte sich, ob diese Leere schuld sei, dass ihr Ulrich monströs und menschenverachtend vorkam. Aber Ulrich war in Ordnung gewesen, wieso sollte er es jetzt nicht mehr sein? Sie konzentrierte sich schnell auf den Rollstuhlfahrer. Ob er hier Stammgast war? Wegen des Lifts und der stufenlosen Schwelle beim Eingang? Ob der hustende Alte auch ein Stammgast war? Ob sich die zwei kennen? Doch wieso saßen sie dann an separaten Tischen?

Ulrich schwieg und wirkte abwesend. Aber er war parat, denn hin und wieder leistete er sich einen Blick auf die Uhr. Agathe stellte fest, dass er es alle paar Minuten tat. Übertreib nicht, sagte sie sich. Und doch, er tut es. Kurz bevor sie wissen wollte, wie spät es sei, hob er schon seinen Arm und drehte die Hand aus dem Gelenk. Durch die Bewegung, so schien es, schraubte er die Uhr aus dem Ärmel hervor, als trüge er sie auf einer Prothese.

Ist dir fad?

Wir könnten in die Zeitung schaun.

Das mach ich im Zug.

Stört's dich?

Dann las er. Das Pärchen hatte wieder einmal hergeschaut und gesehen, dass Ulrich das Massenblatt aufgeschlagen hatte und sich darin vertiefen konnte, trotz der tollen Frau im feinen Gewand. Agathe sah etwas Böses darin, dass er sich direkt neben ihr eine Zeitung vor die Augen hielt, die jeden Trottel krönte. Sie blickte betreten zur Decke, als schwebte dort oben etwas für sie herum. Ein Engel, eine

Idee, eine Hoffnung. Nur eine Fliege kam, fiel jedoch niemandem lästig. Agathe bemerkte, wie sie die Beine aufeinanderpresste, wie sie verkrampfte, die Beine erlahmten, als gehörten sie gar nicht zu ihr, als wäre der Rumpf aufgepfropft und sie könnte gar nicht befehlen, löst euch und tragt mich weg. Immerhin hatten sich die Beine schon mal an einen anderen Mann gewöhnt und der Rumpf und die Arme und der Hals und der Kopf, oder was am Kopf alles als Fleisch gilt. Gut, sagte sie, ich warte geduldig, aber dann.

Ulrich sah auf und lächelte munter, kurz bevor sie aufbrechen mussten.

Er legte der Kellnerin das Trinkgeld hin. Sie würde sich freuen, auch wenn sie jetzt glaubte, er schleiche sich billig davon. Er ließ Agathe den Vortritt. Sie überschritt die Schwelle. Was eigentlich schon zuviel gesagt war, es handelte sich nur um eine Fuge, in der die automatische Tür auf- und zugleiten konnte. Als sie hinaufblickte, um das elektronische Auge zu erfassen, das auch sie erfasste und die Tür geöffnet hatte, bemerkt Agathe im Seitenblick, wie Ulrich ein Gähnen unterdrückte. Die Aussicht, dass der Zug gleich abfahren würde, machte sie fast verrückt vor Glück.

Komm, flüsterte sie, und Ulrich hatte ja kapiert, dass er rasch nachkommen sollte. Auf dem Bahnsteig stand der Zug. Das war klar. Willst du jetzt noch spazierengehen? Obst und Zeitungen kaufen?, fragte er und blieb sonst wortkarg.

Du, ich steig lieber ein, sagte sie. Und bevor ihr die Beine versagten, weil der Abschied echt war, ertönte die Ansage, bitte einsteigen, Türen schließen, und gleich darauf folgte auch schon der Anpfiff.

Ulrich winkte noch. Sobald er aus dem Blick gedrängt war, ließ Agathe den Arm sinken und entspannte sich. Während er den Bahnsteig verließ und die Rolltreppe betrat, ließ sie diskret durch ihr dünnes Garn einen Leisen fahren, bevor sie vom Fenster zurücktrat.

Untergang einer Hauptperson

Weißt *du*, wieso es keine Särge in einem Möbelhaus zu kaufen gibt? Das fragte mich die junge Volontärin auf dem letzten Firmenfest. Ich zog die Augenbrauen hoch. Aber als ich antworten wollte, fehlten mir die überzeugenden Worte. Ein Sarg sei kein Möbel, bestenfalls eine Hülle, meinte ich zögernd.

Ein Sarg gehöre zur Einrichtung jedes Aufbahrungszimmers, beharrte diese junge Frau. Wir führen für jede Lebensphase und für jeden Lebenszweck die passenden Möbel. Es ist selbstverständlich, dass Neugeborene bei uns eingerichtet werden können. Warum also nicht auch Ablebende?

Und es war selbstverständlich, dass wir sogar zum Mittsommerfest, das unser Mitarbeiterfest ist, Gartentische, Bänke, Tischtücher, Geschirr und Besteck aus der eigenen Firma mitnahmen, um im Stadtwald unser Fest in Firmenausstattung feiern zu können. In unseren blaugelben Firmensäcken, deren Form an bauchige Boote erinnert, schifften wir das Zeug durch die Alleen auf die Wiese vor den einst aristokratischen Lustturm, der den kaiserlichen Jagdgesellschaften Unterschlupf geboten hatte. Vor der barocken Außenhaut bauten wir die Möbel auf, deckten die Tische und stellten die mitgebrachten Speisen hin, die aus unserer Delikatessabteilung stammten. Die Kinder der Mitarbeiter tobten unterdessen auf der Wiese.

Wir, die Erwachsenen, schlemmten und lagerten auf Decken aus der Firma und die Volontärin fragte mich, wieso wir, wenn wir ganz selbstverständlich unser Firmenfest feiern, nicht auch einen Leichenschmaus im Freien stattfinden lassen könnten. Und mir fiel wieder kein Grund ein, wieso wir, also mein Konzern, es uns bisher leisteten, auf den Geschäftszweig der allumfassenden Bestattungsausstattung zu verzichten.

Ich besuchte unsere Mitarbeiterfeste auch in Moskau, Riad und New York. Wir breiten uns überallhin aus und bringen familiäre Verhältnisse in die Kundenkultur, was ich, als Firma, begrüße; aber nicht die Blödheit, den Tod auszuschließen. Alltagsepisoden zu einer Einheit zu verbinden ist meine Aufgabe. Wie ein Kranz einen Reifen braucht, braucht das Leben, das in Episoden zerfällt, ein Gerüst, ein Skelett. Eine Firma braucht Rückgrat, und alle Menschen brauchen ein Rückgrat, denn alle Menschen sind Brüder, und für Brüder kannst du auch das Wort Schwestern einsetzen, sie gehören genauso zur Sterblichkeit. Weltweit den Begriff von erschwinglichem und familiärem Lebensgefühl und Ablebensgefühl zu vermitteln ist eine politische Aufgabe. Ich verlieh der Firma mit meinen Broschüren, Texten und Konzepten einen weltweit verständlichen Bezugsrahmen fürs Menschsein und übergab der Welt ein freundschaftliches und für unsere Mitarbeiter ein befreundendes und selbstbefreundendes Klima, in dem der Mensch nicht allein wachsen und gedeihen, sondern auch erkranken und sterben kann. Aber ich weiß nicht, was mich quält. Ich habe das Gefühl, auf etwas vergessen zu haben, wovon ich weiß, es ist greifbar nah. Das Möbelhaus durchdringt das Leben fruchtbar.

Prinzipiell ist ein Konzern eine Körperschaft, und die ist nicht körperlich, man kann sie nicht verhaften oder einsperren, die Körperschaft besteht nur aus Funktion, sie hat die Aufgabe, unser Fleisch zu behäuten und um das Skelett herum zusammengewachsen zu halten, um unseren Nächsten zu umarmen und nicht einzuverleiben wie bei formloser Vermassung oder Zersetzung, weshalb ein Sarg als hölzerne Haut des Toten naheliegend ist.

Ich werbe mit Geborgenheit, mit dem vertrauensbildenden *Du*, um *dich* richtig begrifflich zu machen.

Ich wollte ja auch meine Lebenslüge in den Griff bekommen. Was ich da jetzt sage, kommt mir komisch vor, als würde ich mich mit mir vermassen, mit meinen Plänen und Absichten und mit der Abscheu vor dem Tod. Natürlich der Tod. Wieso kam nicht ich, sondern diese dreiste junge Volontärin als erste auf die Idee. Das Aufbahrungszimmer, das Sterbezimmer, der Andachtsraum. Ich sah beim ersten Wort in meiner Vorstellung schon hellgelbe Fichtenholzsärge zum Selberzimmern, Grabkränze zum Selberbinden, Kranzschleifen zum Selberbedrucken, Trauersprüche, Friedhofskerzen, Grablaternen, Grabkreuze aus Holz, aus Metall, zum Selberzusammenschrauben auferstehen. Alles müsste natürlich billiger sein als beim herkömmlichen Bestatter.

Ich nahm den Tod an, sprang über meinen Schatten. Ich legte mich auf die Firmendecke, beäugte das Setting: Waldlichtung, Lustturm, Bestattungskutsche.

Die Kinder spielten Baseball. Die Wiege des kleinsten Mitarbeiterkindes stand abseits im Gras. Die gemusterten Stoffe wehten im Wind, gehisste Flaggen eines Schiffes. Ein erfolgreich geführter Konzern steht mit der Überwindung des Todes im Bunde. Das Diadem in unserem Firmenlogo symbolisiert unsere Corporate Eternity.

Der Mensch ist und bleibt sterblich, behauptete die Volontärin. Ich hatte mich abgewandt, ich hatte keine Lust, mit einer jungen Volontärin die Bedeutung eines Monarchie-Konzerns oder einer Konzern-Monarchie zu diskutieren. Sie war weder Politologin noch Soziologin oder sonst eine autorisierte Sprecherin. Mit jedem Wort, das sie äußerte, gab sie ihre Sucht nach Aufmerksamkeit preis. Sie wollte meine Aufmerksamkeit mit ihrem Unterwerfungswillen ködern. Sobald sie merkte, dass mich ihre Klugscheißerei langweilte, äußerte sie ihre natürlichen Fragen, die ich als anregend empfand und einarbeitete in das Modell des Möbelhauses, in dem nachrückende wie abrückende Generationen ihren Platz haben sollen. Ihre Lebensform sei die

Suche, sagte sie. In jedem Wort suche sie nach Sinn. Sie fände Sinn stückweise, sagte sie, der Sinn der Worte sei, die Wirklichkeit sagbar und lesbar zu machen, sagte sie. Das Wort sei mächtig, es müsse so mächtig sein, dass es sich selbst hervorbringe, allmächtig sei das Wort, sagte sie. Sie wolle Schriftstellerin werden, vertraute sie mir an. Sie wolle in die Macht hineinschreiben und sich durch die Macht durchschreiben, sagte sie. Das sei ein gewaltiger Anspruch, antwortete ich, behandelte sie von oben herab und gähnte. Dass ich mächtig genug wäre, mich ihrer Ideen zu bemächtigen, daran glaubte sie anscheinend nicht. Sie wolle das einzelne Wort ergreifen, sagte sie, mir nicht folgend. Sie wolle sprechend sein. Sie wolle Macht haben, und davon erzählen, was ihr mächtig erschienen sei.

Sie ließ sich auf der Decke nieder und streckte sich aus. Ich glaube, sie wollte sich zu meiner Wirklichkeit machen. Sie sei neugierig und wolle sehen, wie die Wirklichkeit aussehe. Ich hoffte nur, dass ich besser aussah als ihre Vorstellung von Macht. Ich musste all meine Kräfte zusammennehmen, als sie sagte, die einzige Macht, die es gibt, sei der Tod und die Angst davor, die nur durch das triumphale Zelebrieren des Todes sublimiert werden könne. Wer es versteht, *dir* die Angst vor dem Tod zu zerstreuen, die Bewältigung des Lebens und des Todes darzustellen, wird mächtig und reich sein, dachte ich. Suggestion der Unsterblichkeit! Auferstehung! Das ist das Geschäft der Werbung. Aus diesem Grund, denke ich, muss das Wort Bild werden.

Ich komme aus Memmingen. Ich wusste schon, dass Wien für seinen Begräbniskult berühmt war, aber ich wollte hier nicht in die Pest-, sondern in die Goldgrube fahren.

Ich war erfahrener und schneller beim Verwirklichen von Ideen, als die Trauermiene dieser sinnierenden Volontärin, die an diesem Nachmittag beim Shooting für den Testkatalog mithelfen durfte, ausdrücken könnte.

Ich musste meine Kräfte zusammennehmen. Das letzte Jahr war anstrengend gewesen. Ich war schlapp und wollte mich nicht zu viel bewegen. Ob Macht Wirklichkeit schafft, würde ich sehen, wenn ich die Macht hätte, die ich darstellte – und dann würde ich auch sehen, ob die Trauerschiene erfolgreich laufen würde. Ich streckte alle Viere von mir, räkelte mich auf der Decke. Die anderen packten unterdessen die Sargteile aus.

Die Volontärin war in mehrere Schichten Schwarz gekleidet, sie spielte eine romantische Verstorbene, die sich wie eine Prinzessin in Trauer im Kreis der Abteilungsleiter hofieren ließ, während sie den Grabkranz aus rosa Rosen und Liguster und Schleier für die Kamera band. Der Fotograf war bestimmt geschickt und gut genug, ihr die richtige Dosis von Betroffenheit und Beherrschtheit ins Gesicht zu zaubern. Ich winkte aufmunternd zu. Ich stellte mich nicht in den Mittelpunkt. Ich hielt es für fair, dass sie die Verstorbene spielen durfte.

Unser diesjähriges Mittsommerfest mutete für nicht eingeweihte Lustwandler aus der Ferne merkwürdig an. Die ganze Belegschaft werkte für das Shooting mit. Wir waren eine große Familie und hatten einen Trauerfall.

Das Möbelhaus hilft *dir*, die Trauer zu tragen, so hieß unser Projekt, und wir fotografierten für den Testkatalog, der unsere Kunden mit dem neuen Geschäftszweig vertraut machen sollte. Wir setzen Zeichen, wie ein Begräbnis nach unseren Vorstellungen hinkünftig erschwinglich sein soll. Wir sind offen für mehr Wahrhaftigkeit im Leben. Wir bieten wertvolle Tipps, Geräte und Zubehör, clevere Lösungen. Wir lassen dich nicht allein. Wir helfen dir. Wir liefern dir die Anleitung mit. Lade deine Freunde ein und ihr trauert, während ihr Goldsprüche prägt.

Die Kinder der Mitarbeiter spielten Baseball, Federball, Fußball. Die Kleineren spielten auf dem Sandhügel Pirat, auf Schaukeln und Klettertürmen ebenfalls Pirat. Sie lockerten den Ernst der Situation auf und erinnerten an Wiederkehr und Kreislauf. Der erste Grabkranz wurde von der Volontärin gemeinsam mit den Abteilungsleitern gebunden. Der Fotograf knipste sie eifrig während der Arbeit. Die Volontärin leierte die Anleitung zum Binden des Grabkranzes herunter und die Abteilungsleiter reichten ihr Liguster. Nelken. Rosen. Schleier. Aus den übriggebliebenen Blumen flocht sie einen Blumenkranz. Sie trug ihn schon auf dem Kopf, als ich wieder zu ihr hinschaute. Der Himmel war leicht bewölkt, man konnte ohne Brille hinaufschauen.

Blätterdach. Wind. Funkeln. Ideale Lichtverhältnisse, die unsere beispielgebende Trauerszenerie mild erhellte.

Die Kassiererinnen trugen praktisch elegante Freizeitkleidung, die es in unserer Textilabteilung zu kaufen gibt, da wir Kleidung, die wir an unserem Körper tragen, als tragbare Möbel verstehen. Die Damen waren mit Schraubenziehern ausgerüstet und werkten. Sie demonstrierten, dass das Zusammenschrauben des Sarges auch von Frauenhänden leicht bewältigt werden kann. Die Volontärin sah mit ihrem gereckten Kinn aufrecht und stolz aus. Ich erinnere mich, dass sie als erste aufgezeigt hatte, als ich die Rolle für das Shooting besetzte.

Der Wind blies in die schwarzen Schleifen, die die Lehrlinge zu früh ausgelegt hatten. Die Lehrlinge fluchten, warfen die vom Wind zerknitterten Schleifen weg, spulten schwarze frische Bänder von der Rolle und legen sie auf die Tische neben die goldenen Druckbuchstaben der Trauersprüche. Die frühsommerlichen Lichter tanzten auf den konzentrierten jungen Gesichtern der Lehrlinge, als sie eifrig die Goldbuchstaben auf die Trauerschleifen rubbelten.

Die Volontärin plauderte gerade mit den Sargverschrauberinnen, als diese aufgeregt zum anderen Ende der Wiese zeigten, wo unter dem Grün eines Baumes und zwischen dem Grün von Büschen plötzlich eine weiß gekleidete Frau aufgetaucht war und störend herumstand.

Ich denke, dass ich zuerst noch gedacht haben muss, jemand hätte einen Todesengel auf das Set bestellt. Ich ärgerte mich über diese kitschige Idee, die mein aufgeklärtes Projekt für eine aufgeklärte Gesellschaft zerstört hätte. Ich wollte schon aufspringen und die Volontärin zur Rechenschaft ziehen. Im letzten Moment wurde mir bewusst, dass der vermeintliche Todesengel wohl eher eine Braut in Weiß war, die sich auf das Set verirrt hatte.

Die Volontärin ihrerseits lief schon hin, und bevor ich noch meine Stimme erheben konnte, war sie bei den Baseball spielenden Mädchen, die die Selbstverständlichkeit des Todes durch ihr ungestörtes Spiel begreiflich machen sollten, und fuchtelte mit den Händen am Rande des Spielfelds herum, rief und riss die Mädchen mit sich. Vergnügt lief die Meute vom Spielfeld zur weißen Frau am Ende der Wiese.

Ob die Kutsche, die ich auf dem Platz vor dem kreisrunden Lusthaus wahrgenommen hatte, unsere Begräbniskutsche war oder die Hochzeitskutsche, weiß ich nicht mehr. Die Pferde wieherten und bogen die Köpfe zurück und wieder hinunter. Der Fiaker war traditionell gekleidet, schwarze Hose, schwarzer Überwurf und schwarze Melone. Für den Hintergrund hatten wir uns das Zitat „Begräbniskutsche" geleistet.

Die Pferde gingen los und der Fiaker brüllte unverständliches Zeug. Er brüllte weiter und riss an den Zügeln herum, als wollte er die Pferde zum Stehenbleiben zwingen. Die wurden aber durch sein Geschrei nur noch schneller, wieherten, fielen in Trab. Der Fiaker riss an den Zügeln und die Pferde legten sich in die Kurve. Der Fiaker riss an den

Zügeln und schwang die Peitsche und die Pferde galoppierten wie miteinander um die Wette um den Lustturm. Die Erwachsenen lachten, die Kinder begannen sich zu fürchten.

Der Fiaker verschwand hinter dem Lusthaus. Er schrie um Hilfe. Die Pferde stampften, die Kutsche ratterte immer leiser werdend durch die Hauptallee in den Stadtwald davon.

Die Kinder liefen aufgeregt zu den Erwachsenen. Die Erwachsenen beruhigten die Kinder.

Hatte irgendwer auf die Braut geachtet?

Und wo war die Volontärin hin?

Ich suchte zuerst nur mit den Augen. Steckte sie hinter den Büschen vielleicht?

Wir konnten nicht weiterfotografieren, wenn sich die Verstorbene mit der Braut auf- und davongemacht hatte.

Ich wartete, dann stand ich auf und ging los. Der Fotograf pausierte. Ich kochte vor Wut. Die Volontärin sabotierte mein Projekt. Aus Rache, weil ich ihr die Idee geklaut hatte. Ich ging das Luder hinter den Büschen suchen. Dort war der Teich. Trübes Grün. Auf der Wassermitte lagen unbewegte Blätter. Seerosen blühten. Wasserläufer schossen ruckartig kreuz und quer über die Glätte. Auf einer Art Landzunge entdeckte ich Unken, aber meine Haupttrauernde blieb verschwunden. Nur Gestrüpp weiter hinten.

Ich ging zurück auf die Wiese. Die Kinder spielten schon wieder; jetzt Millionenshow. Die gewählte Ausdrucksweise der zweisprachig aufgewachsenen Kinder fiel mir auf, als ich sie die Spielregeln erklären hörte. An die Braut dachte niemand mehr und die Volontärin blieb verschwunden. Wer von den beiden hatte wen entführt?

Die ganze Belegschaft saß im Kreis und aß die Delikatessen auf. Der halbfertige Sarg lag achtlos auf der Wiese. Ein paar Kinder werkelten an den Grabkreuzen herum. Ich nahm ihnen die Schraubenzieher weg, damit sie sich nicht verletzten.

Später suchte ich noch einmal die Wege ab. Die Volontärin war wie vom Erdboden verschluckt. Ich musste einspringen. Ich hätte mich sonst gleich eingraben lassen können. Wir zimmerten rasch den Sarg zusammen, banden die Kränze und bedruckten die Schleifen in Windeseile, steckten die Kandelaber ineinander, die Kerzen auf, verteilten den Trauerflor, arrangierten uns locker wie freistehende Module um den Sarg, in dem ich zur Krönung als Leiche lag. Der Fotograf knipste und knipste und knipste. Ich denke, wir bekamen die ganze Chose in den Kasten.

Mit dem Sinken der Sonne kamen die Mücken. Die Kleinkinder quengelten. Das Baby hatte schon wieder Hunger. Die Kinder wollten nach Hause.

Wir begannen aufzubrechen. Die Erwachsenen kümmerten sich um die Möbel und schweren Dinge, der Fotograf sich um seine Kamera. Die Kinder legten die Tischdecken zusammen, sammelten das Geschirr. Ich kümmerte mich um den Müll, packte die Reste von Schleifen, die Fetzen des Trauerflors, den Liguster, den Blumendraht zusammen. Wo war die Volontärin hin? Teller und Gläser wickelten die Frauen in Folie und Grabschleifen, sodass nicht das Innere der Säcke verunreinigt würde. Was wegzuwerfen war, stopfte ich in den Müllsack von Billa.

Ich trug den Unrat hinter den Lustturm zu den Tonnen. Ich ging um das kreisrunde Gebäude herum.

Vielleicht lungert die Volontärin mit der Braut noch irgendwo herum und will mir auflauern, weil sie sich ihrer Idee beraubt fühlt, dachte ich mir.

Von der Kutsche keine Spur. Nur Wind und Allee.

Ich ging zu den Tonnen und stopfte den Müll hinein.

Dann trat ich in die Allee hinein und von dort wieder zurück ins Gebüsch. Ich fand ein Stück Stoff. Weiß und Schwarz. Ich drang weiter ins Dickicht vor. Entdeckte Fetzen, vielleicht von Schleier, vielleicht von Flor, und Fußspuren im aufgeweichten Grund. Mit starkem Herzklopfen bog ich Äste, brach ich Zweige. Knicken. Plätschern. Der Teich. Es war dunkel über dem Wasser und nichts weiter zu erkennen.

Ich preschte durchs Dickicht zurück, stieß auf die Mülltonnen. Der Asphalt schimmerte silbrig. Ich öffnete noch den Deckel der Mülltonnen und hob den von mir hineingeworfenen Müll hoch, um nachzusehen, ob darunter Brautteile oder Volontärinnenteile steckten. Doch unter dem Müll war nur mein Trauermüll. Ich ging um das kreisrunde Gebäude, wollte zurück auf die Wiese. Ich kam aber nicht vom Fleck. Ich versuchte erst das eine, dann das andere Bein zu heben, ich klebte richtig fest. Ich strengte mich derartig an, dass meine Sehnen und Muskeln zu brennen begannen. Ich konnte mich nicht bewegen, schließlich war ich vor Anspannung vollkommen erschöpft. Ich sank auf die Knie und atmete schwer, bis ich wie ein Pferd den Kopf hin und her beutelte und dann erst aufschaute.

Ich war allein. Ich hatte nichts vom Aufbruch der anderen bemerkt. Meine Kollegen, die Lehrlinge, die Kassiererinnen, der Fotograf – alle fort! Man hatte mich zurückgelassen. Wo waren diese Teufel hin? Warum hatten sie nicht auf mich gewartet? Wie lange war ich denn der Volontärin hinterhergelaufen? Es war inzwischen stockdunkel geworden.

Ein einsamer Sack lag noch auf der Wiese. Wo waren der Sarg, die Kränze, die Kreuze, die über die Wiese verstreuten Blumengestecke hin? Nur dieser eine Sack lag noch da und schimmerte hell. Man hätte auf mich gewartet, bin ich mir sicher, und hätte es nicht gewagt, mir einen Sack übrig zu lassen, wäre ich autoritärer mit meinen Mitarbeitern umgesprungen und hätte ich mich nicht als verstorben hingelegt.

Vielleicht saßen die Hinterbliebenen ja im Lustturm und beobachteten mich. In der Dunkelheit hatte sich das kreisrunde Gebäude in einen Wachturm verwandelt. Ich fühlte mich beobachtet, und das genügte, um mich zu ängstigen. Ich wollte mich nicht ängstigen. Ich wurde trotzdem panisch. Das einzige, was mir beruhigend schien, war der simple Firmensack auf der Wiese. Das Diadem in unserem Firmenlogo leuchtete mich kitschig an. Ich lief hin und packte zu. Ich wunderte mich. Der Sack hatte keine Henkel, aber einen Reißverschluss. Diese Art Säcke hatte ich doch nicht entworfen, dachte ich mir. Ich wollte mich nicht verwirren und mir Fragen stellen, die ich sowieso nicht beantworten hätte können. Hauptsache, der Sack war ein Sack aus meiner Firma. Ich nahm ihn also fraglos an. Er war viel größer als die anderen Säcke, die ich von uns kenne, und quer, wie ein großes Boot eben, das ich in meiner Position steuerte.

Der Nachttau legte sich schon aufs Gras, auf die Bäume, auf den Sack, auf mich. Ich wollte nicht sinnlos in der Nacht hocken und nass werden. Ich wollte auch jetzt keine Angst haben. Ich öffnete schließlich den Reißverschluss, kroch in den Sack und wollte auf allen Vieren mit dem Sack wie mit einem Panzer auf meinem Rücken über die Wiese zur Allee krabbeln. Ich war froh, dass ich diese Idee hatte und mich zugleich in die Idee hüllen konnte, mich im Sack zu bergen und zu verbergen. Ich krabbelte los, wurde aber sofort so müde, dass ich der Müdigkeit nachgeben musste. Ich lag im Sack und schlief und träumte. Ich hörte mich sprechen. Ich hörte mich deutlich „Sack“ sagen.

Und ich weiß in dieser Sekunde genau, das ist es, was ich zu bedenken vergessen habe. Nun ist es mir aber auch egal. Ich denke überhaupt nichts. Ich bin nämlich eine Kunstfigur, und sie, die mein Ich geschrieben hat, wünscht, dass ich verrecke, denn sie mag keine Werbeleiter, die ihre Ideen klauen. Sie lässt es nun eng und dunkel und stickig werden um mich. Ich höre schon, wie sie den Reißverschluss zuzieht, der natürlich nur von außen zu öffnen ist. Ich bin also gefangen und zum Tode verurteilt.

Mich fröstelt jetzt. Ich würde mich gern strecken, aber ich spüre die zunehmende Erstarrung. Ich will gleich wieder in den Tiefschlaf sinken beziehungsweise schnell zu Tode kommen. Ich habe noch das Gefühl, Schritte zu hören, aber soll ich mich bis zum letzten Atemzug Enttäuschungen hingeben? Ich meine zu meinen, getragen zu werden. Ich spüre das Kratzen der Feder, die schreibt: Ja, du bist geborgen.

Können Sie die Jacke bitte reinigen, bitte?, fragte die streng uniformdunkelblau gekleidete Frau gestresst und freundlich zugleich. Ich schlug die Schöße auseinander, suchte das Wäscheetikett. Ich brauchte diesen Job, um in der sündteuren Metropole ausharren zu können. Die Frau war mir durch ihr „bitte, bitte“ sympathisch.

Bis wann brauchen Sie die Jacke?, fragte ich.

Geht es jetzt gleich?, fragte sie.

Die Brosche der amerikanischen Airline steckte links über dem Herzen.

Grundsätzlich ist es möglich, die Jacke in einer Stunde zu reinigen, sagte ich.

Die Frau atmete auf und senkte dankbar ihr Haupt. Ich wunderte mich nicht, dass sie die Jacke schnell brauchte, mich wunderte nur, dass sie dieses aprikosenfarbene Ding überhaupt noch wollte. Die Jacke war total aus der Mode. Ich kontrollierte den Stoff, denn ich wollte keine falschen Hoffnungen wecken. Er schimmerte schon, war an den Ellbogen abgestoßen, fusselig und aufgewetzt.

Die Jacke könnte Schaden nehmen, sagte ich.

Die Frau schürzte die Lippen, legte den Kopf schief. Ich dachte, dass sie nun überlegte, und riet: Kaufen Sie sich doch besser gleich eine neue Jacke, die chemische Reinigung ist teuer. Wir haben hinten Second-Hand.

Die Frau schüttelte den Kopf, diese Jacke war die Lieblingsjacke ihrer Mutter und sie hatte ihr fest versprochen, sie gereinigt mitzubringen.

Ihre Stimme war weich und ich finde es liebenswert, wenn jemand sich an Versprechen hält. Ich zeigte mich also kooperativ. Ich werde darauf achten, dass keine Faser zerbröselt, versprach ich.

Die Frau legte die Hand auf die Jacke, als sie noch einmal betonte, dass sie pünktlich in einer Stunde wiederkommen würde. Sie hatte schöne, schlanke Hände. Der Zeigefingernagel rechts war angebrochen.

Ja, sagte ich, verstehe schon.

Ich fragte nicht, wohin die Reise gehen sollte, ich vermutete, dass sie zu ihrer Mutter fliegen würde, und Privates geht mich nichts an.

Ich hob den Blick und sah in die braune Iris dieser dunkelhaarigen Frau. Die großen Augen waren dicht bewimpert, die Brauen hochbögig gezupft, der Teint wie Zimt. Noch bevor sie das Geschäft verlassen hatte, wusste ich, wo sie die nächste Stunde verbringen würde. Sie ging in das neu eröffnete Nagelstudio auf der anderen Straßenseite am Tompkins Square Park. Sie zog ihren Koffer hinter sich über die Straße. In ihrer Uniform wirkte sie sehr elegant und schlank.

Ich machte mich sofort an die Arbeit. Ich schob den Kleiderstapel vor der Trockenreinigung zurück, legte die Jacke bereit. Ich suchte den Fleckenkiller, konzentrierte mich auf die Arbeit. Die Jacke interessierte mich. Woher kam sie, wohin ging sie?

Die Innenseite des Kragens war am stärksten verschmutzt. Ich suchte weiter nach dem Wäscheetikett, aber nach wie vor war keine Spur davon zu finden. Die Jacke war wahrscheinlich selbst geschneidert worden. Die unregelmäßigen Nähte sprachen dafür. Der Futterstoff wies Schweißflecken auf. Ich fand ein paar Ränder in den Achseln. Ich sprühte einen Extrahauch Killer drauf, um ein optimales Reinigungsergebnis zu sichern. Der Stoff war Velvet Velours, ein altes Material, das auch für Freizeitkleidung eingesetzt worden ist. Ich strich über die Vorderteile der Jacke und tastete die Taschen ab. Sie schienen mir ausgebeult. Die Brusttaschen waren leer. Ich fand nur einen Zettel in der unteren linken Tasche. Er klebte fest. Ich zupfte vorsichtig herum, das Papier schien aufgequollen und mit dem Stoff verwachsen zu sein. Ich holte Pinzette und Rasierklinge, beugte mich über die Innentasche und trennte das Papier Faser für Faser vom Stoff, bis ich es herausziehen konnte. Es war ein Billet. Ich entdeckte Spuren von Schrift. „Sound of Music" meinte ich aus den schwarzen Resten zu lesen. Ich verlor das Interesse und legte die Jacke hin. Ich plusterte die Vorderteile auf und sprühte mit dem leistungsstarken, auch für Seide und Wolle geeigneten Fleckenkiller die Innentaschen ein, damit die Jacke fasertief gesäubert werden konnte. Ich leiste Dienst mit persönlicher Note. Die Trockenreinigung sieht wie eine Waschmaschine aus, ist aber fast so groß wie ein Kleiderschrank mit Bullauge in der Tür. Ich öffnete die Tür und hängte die Jacke in den Korpus. Ich beobachtete die Jacke, bis sie im Gebläse flatterte, was bei diesem aprikosenfarbenen Stoff wie Flackern anmutete.

Ich setzte mich hinter den Tisch und musste nur noch warten, bis die Maschine fertig war. Unterdessen gurgelte die Kaffeemaschine im Kämmerchen hinter mir. Ich sitze in der Reinigung praktisch in der Auslage und muss beschäftigt tun, um Kunden anzulocken. Je mehr Kundschaft, umso mehr Umsatz, umso mehr Verdienst. Ich dachte nach, wie lange diese Jacke nicht getragen worden war. Ich wollte mir einen anderen Job suchen. Ich müsste mehr auf Leute eingehen, vielleicht würde ich Psychologie studieren.

Draußen war Hochsommer. Hundekotspuren schmolzen in der Hitze und gingen in Luft auf. Die Klimaanlage hauchte. Ich holte mir meine Tasse von der Etagere über dem Waschbecken auf der Toilette. Ich schenkte Kaffee in die Tasse und trug sie zum Tisch. Schaute der Jacke zu, wie sie beim Reinigungsprozess flackerte. Trotz Hitze rauchten draußen auf der Straße die Rohre.

Ich schnupperte Kaffee. Dass ich den Kaffee selber koche, wird von den Putzerinnen belächelt. Ich spare mir keinen

Cent, indem ich selber Kaffee koche und ihn mir nicht nebenan im Deli hole. Ich muss mich beschäftigen, deshalb koche ich mir den Kaffee selbst. Ich würde ihn auch aufbrühen, damit ich etwas länger zu tun hätte, aber die Reinigung saugt zu viel Strom und die Sicherung brennt durch, wenn ich die Herdplatte andrehe.

Ich konnte die Frau im Nagelstudio in einer Art Zahnarztstuhl sitzen sehen. Zumindest die schwarzen Locken meinte ich zu erkennen, sie hatte weiße Pads auf den Augen und die Hände ausgestreckt neben sich auf einem Tischchen liegen. Ich schrieb Buchstaben. Betrachtete den Baum vor der Auslage im Park und schrieb auf mein Blatt. Kreuzworträtsel auf Englisch. Draußen würde das von der Luft aufgewärmte Papier den Bleistift zum Schmelzen bringen. Ich drehte die Klimaanlage stärker.

Die Nagelexpertin schillerte grün und ihr rechter angewinkelter Arm zitterte hin und her, als ich hinübersah. Die Stewardess ruhte in ihrem Liegestuhl. Sie hatte Kopfhörer aufgesetzt, die ich im ersten Augenblick für verrutschte Pads gehalten hatte.

Ich hörte die Kaffeemaschine röcheln. Ich trinke sehr viel Kaffee. Ich senkte den Kopf, schaute auf das Papier. Anderes Wort für Flucht. Ich war die Einzige im Geschäft. Die anderen hatten heute frei. Ich würde mir abends ein zweites Soda Zitron zu Gemüte führen und den Kaffee in mir verdünnen. In der Zeitung stand, dass die Dürreperiode schon Menschenleben kostete. Im Park tauchten Kinder in den Sprühregen vom Hydranten. Eine halbe Stunde vormittags und eine weitere halbe Stunde nachmittags spuckte der Hydrant Wasser. Auf mich wartete ein Abendspaziergang und in ein paar Wochen der Abflug nach Wien. Wohin die Stewardess heute noch fliegen würde, war mir unklar, aber ich sah einen Boulevard, auf dem sie mit ihrem Trolley und der von mir gereinigten Jacke dahinstolzieren würde. Florida?

Homeless lungerten um den *playground* und lechzten nach dem Tröpfchenschleier. Erwachsenen ohne Kind ist das Betreten der betonierten Spielfläche verboten. Die *homeless* zogen sich in den Schatten der Bäume auf die Truhen am Wegesrand zurück. Die Truhen sehen aus wie Sarkophage. Für den Winter lagert dort Streugut. Wie die Geister der Toten hockten die Obdachlosen auf den Truhen und redeten unter Bäumen noch und hechelten in der Hitze. Die *homeless* stinken im Sommer wie die Hölle. In der Kälte ziehen sich die Geruchsmoleküle zusammen. Sie schälten sich aus den Kleidern und warfen die Sachen über den Telefonkasten, als ich die schwarzhaarige Frau sich ans Fenster setzen und ihre Hände unter ein Infrarotlämpchen legen sah, während die *homeless* ihre Hände durch den Maschenzaun streckten, um ein paar Tropfen zu erhaschen und sich die tätowierte Brust einzureiben. Die Stewardess hatte den Kopf in den Nacken gelegt und die grün schillernde Kosmetikerin pinselte ihr Gesicht.

Ich betrachtete das Billet. Das Datum war unleserlich, Zahlen und Buchstaben waren im Stoff aufgegangen. Ihre Tochter erschien mir versiert genug, als dass ihr der Fluchtkitsch gefallen könnte. Ich öffnete die Tischlade, holte ein Kuvert heraus und steckte die Theaterkarte hinein. Ich legte es auf den Tisch, um es später der Stewardess auszuhändigen. Ich beschwerte das Kuvert mit der Dose, in der allerlei Knöpfe, Schnallen und Broschen gesammelt sind. Billige, unwichtige Dinge, die von den Wäschestücken abgegangen, gefunden worden und in der Putzerei zurückgeblieben sind, Fundstücke aus aller Herren Länder. Ein Seelenvogel liegt auf Kleeblatt, Drudenfuß, Davidstern. Kruzifixe, Anker, ein Strauß Azaleen, Mondsichel, Edelweiß, sogar ein Hakenkreuz auf einer Anstecknadel ist darunter. Wem ist das wohl abgegangen? Einem ausgewanderten Nazi, einem amerikanischen Nazi oder bloß einem Inder? Für Inder ist es ein Glücksbringer. Der Trockenreiniger klingelte.

Ich wartete noch ein paar Sekunden. Die Jacke hing hinter dem Bullauge. Kurz zweifelte ich an meinem Verstand. Mir schien, als zuckte die Jacke mit dem rechten Ärmel. Dann kam der Knackton. Ich drückte den Knopf und die Tür mit dem Bullauge sprang auf. Ein Schwall Hitze trat aus.

Ich nahm einen Schluck Kaffee, wartete, bis sich der trockene Textilgeruch mit der Luft im Raum vermischt hatte. Obwohl eigentlich nur eine Jacke herauszunehmen und zu bügeln war, beeilte ich mich.

Die Jacke war in Ordnung geblieben. Kein Riss, keine zerbröselte, keine gebrochene Stelle. Ich legte die Jacke auf das Bügelbrett und holte das Plastik zum Einpacken, legte es auf dem Tisch aus. Die Kontrolle der Innentasche ergab ein zufriedenstellendes Ergebnis. Ich nahm das Schutztuch und legte es auf die Jacke, bevor ich das heiße Bügeleisen auf den Kragen setzen wollte, um den Stoff zu schonen. Da entdeckte ich den dunklen Fleck auf dem aprikosenfarbenen Revers. Der Fleck war klein, aber präsent. Ich müsste aggressive Mittel einsetzen, um ihn zum Verschwinden zu bringen. Ich holte den Bleichaktivator, riss eine frische Dose auf, entnahm den toxischen Stift und bestrich vorsichtig Faser für Faser. Ich trocknete die Stelle mit dem Föhn, konnte aber gleich sehen, dass der Fleck hartnäckiger war, als ich gedacht hatte. Natriumpercarbonat kann den Stoff zersetzen, aber wenn ich vorsichtig den Fleck betupfen würde, könnte ich ihm doch noch Herr werden, bevor die Frau aus dem Nagelstudio zurück wäre. Ich zog die Handschuhe an, um mir nicht die Haut zu verätzen, presste das Schwämmchen auf das Fläschchen und tränkte es. Ich tupfte auf dem Fleck herum, wendete das Revers und versuchte auch von der Rückseite, quasi von hinten, den Fleck auszumerzen. Mit der rauen Seite des Schwämmchens schrubbte ich das Gewebe, hörte aber sofort damit auf, als die Stelle nur verfilzte. Mit der Gummihandschuhfingerspitze kratzte ich noch herum, bis ich einsah, dass ich höchstens noch Komplexbildner und optische Aufheller drüberpinseln konnte. Die Innenkante des Kragens, wo der Hautkontakt stattfindet, war sauber, aber noch nicht fertig gebügelt. Ich wollte wenigstens diesen Bereich perfekt hergerichtet haben.

Ich sah die schwarzhaarige Frau aus dem Nagelstudio treten und über die Straße dahertrippeln. Sie bemerkte meinen Blick und winkte mir von der Straßenmitte durch die Scheibe zu. Ich bügelte.

Als sie über die Schwelle trat, roch ich sich verflüchtigendes Aceton. Ihre Lippen waren nun hellrosa geschminkt. Auf den Wagen hatte sie aprikosenfarbenes Rouge und die Augen glänzten. Sie sah erholt aus, noch eleganter als vorher und sehr weltgewandt als Stewardess. Ich war mit der Jacke fertig.

Die Frau sah mich erwartungsvoll an und wollte die Jacke haben. Ich legte die Jacke hin. Ich wollte sie gleich einpacken, tat aber noch mit dem Plastik herum. Die Frau streckte ihre Hand über den Tisch und legte sie auf die ungeschützt daliegende Jacke. Mein Blick fiel auf den tippenden Zeigefinger, dessen Nagel nun repariert und aprikosenfarben lackiert war.

Und, haben Sie es geschafft, mit der kleinen Jacke?, fragte sie rein rhetorisch, aber doch störte mich die Bezeichnung „kleine Jacke", denn irgendwie machte sie damit meine Arbeit und meine Bemühungen klein. Die Jacke war eine normale Jacke gewesen.

Ich raschelte mit dem Nylon. Sie hatte den Fleck auf dem Revers noch nicht entdeckt. Ich wollte die Jacke einhüllen und den Blick der Frau auf mich lenken. Ich überlegte, ob ich überhaupt zugeben sollte, dass es den kleinen dunklen Fleck auf der linken Seite der unteren Reversspitze überhaupt gab, sollte sie ihn entdecken.

Ich zog die Jacke über den Tisch.

Bin ich ein aufrichtiger Mensch oder nicht?, fragte ich mich. Ich kann nicht gegen meine Ansichten handeln. Ich bin ein aufrichtiger Mensch. Ich sagte, die Jacke sei an sich sauber bis auf – ich musste nicht weitersprechen.

Sie senkte die Lider, erfasste den Fleck und starrte mich verzweifelt an. Ich sah ins unergründliche Braun ihrer Iris und dachte an die Bezeichnung Pupille, die nichts als ein schwarzes Loch bezeichnete, in das ich strudelte.

Oh Gott, sagte sie, ein Fleck.

Das war ein mächtiger Patzen, sagte ich und erzählte, womit ich versucht hatte, die Spuren zu beseitigen.

Sie blieb zwar höflich, aber sie schluchzte verzweifelt, dass sie der Mutter die befleckte Jacke nicht zumuten könnte. Der Kehlkopf hüpfte, als sie „Mutter" sagte. Sie schluckte. Tränen traten ihr in die schönen Augen. Sie schüttelte den Kopf und faselte etwas von „keine Zeit mehr". Ich fragte, was denn so schlimm sei.

Sie fragte, was das Reinigen denn koste.

Ich wusste auch nicht. Ich räumte ihr einen Rabatt ein. Sie schüttelte den Kopf. Ich bot ihr an, es noch einmal mit dem Fettkiller zu versuchen. Ich versuchte sie zu trösten, sagte, dass die Jacke eben einen ins Gewebe gefressenen Fleck habe, den man nicht wegbekomme, den man aber kaum sehe. Ihre Mutter würde ihn wahrscheinlich gar nicht bemerken, sie müsse doch schon alt genug und weitsichtig sein. Ich sagte, dass die Jacke ansonsten noch sehr schön sei.

Die Frau sagte, sie könne ihre Mutter nicht mit einem Fleck auf der Jacke für das *viewing* herrichten lassen.

Ich verstand nicht gleich, was sie mit *viewing* meinte. Als ich es verstanden hatte, verzog ich keine Miene. Ich war in New York und nicht in Hollywood. Dass ich nie dran gedacht hatte, in einer Wäscherei auch einmal für die Ewigkeit zu waschen, enttäuschte und demütigte mich. Wäre ich nicht in New York, sondern in Hollywood gewesen, hätte ich bestimmt an die im offenen Sarg aufgebahrten und lackierten Toten Evelyn Waughs gedacht. Es liegt an New York, diese Lebendigkeit hat mich abgelenkt, dachte ich.

Meine Mutter soll so in Erinnerung bleiben, wie sie es sich gewünscht hat, sagte die Frau und schluchzte. Aprikose hat ihr gestanden – und die Wangen und die Lippen und der Schal und die Nägel – das ist nicht zufällig alles in dezenten Tönen gehalten, das ist alles aufeinander abgestimmt, sagte die Frau.

Natürlich, erwiderte ich. Da müssen wir uns etwas einfallen lassen. Vielleicht kann ich ja doch noch helfen, sagte ich.

Ich zog die Tischlade auf und suchte nach irgendetwas zum Drapieren, fand aber keinen Schal und kein Halstuch, das gepasst hätte. Stattdessen nahm ich die Dose vom Tisch und bot eine Brosche an. Als ich den Deckel öffnete, hellte sich das Gesicht der Stewardess auf.

Ich freute mich, dass ich ihr in dieser heiklen und traurigen Sache zur Hand gehen konnte. Ich nickte ihr aufmunternd zu. Sie legte die Fingerspitzen zusammen, ließ ihre Hand vorschnellen und pickte in der Dose herum. Sie zog schließlich die Anstecknadel heraus. Ich sah mich verstohlen um, als sei ich in einem Zubehörladen für Neonazis gelandet, während sie die Anstecknadel mit dem Hakenkreuz am Revers befestigte. Will sie ihrer Mutter einen Gefallen tun? Ich war fassungslos. Die Stewardess tat, als wäre nichts, zahlte und verließ das Geschäft. Oder ist sie eine Inderin?, dachte ich, um zu einer sauberen Lösung zu kommen, als sie ins Taxi einstieg und mir noch zuwinkte. Na dann, *good luck*.

August Eleven

I

Hand in Hand und nach ein paar Schritten die Hände lösend und die Arme um die Hüften legend, schlenderte ein Paar auf dem Union Square durch den Park. Ein freies Plätzchen gab es neben dem nach Fäkalien riechenden Obdachlosen. Die Nasen rümpfend streifte das Paar an ihm vorbei, umrundete die abgezäunte Wiesenfläche und ließ sich auf der anderen Seite des Parkweges nieder, wo die Mittagspausler aus den umliegenden Büros saßen und sündteures Nudelfutter vom neu eröffneten Asiaten an der Ecke zur Park Avenue South hastig in den Mund stopften, während sie das neben mir Platz nehmende Pärchen gierig fixierten. Die beiden Männer rückten eng zusammen, neigten einander die Köpfe zu, schoben die Gesichtsscheiben einander entgegen, bis sich die Lippen ineinander vergruben. Die eine Zunge umschlang die andere Zunge, der Speichelaustausch erfolgte unter Schlürfen und Schmatzen. Die Mittagspausler betrachteten die leidenschaftlichen Männer und aßen dabei selber unwillkürlich unappetitlich laut das Nudelfutter, wie um das Pärchen zu vertreiben oder um das Geschmatze zumindest selbst zu erzeugen und den Außenlärm durch den Innenlärm im Rachenraum, der praktisch von Innen nach Außen zu hören war, zu übertönen. Andere Umsitzende begannen Getränke mit lautem Geröchel durch Strohhalme zu schlürfen, sodass das Pärchen sich gestört fühlen müsste und tatsächlich irritiert aufschaute.

Ich aß meine Nudeln aus dem Plastikteller und ließ mich weder vom Schmatzen der Essenden noch vom Geschlürfe der Schmusenden stören. Ich staunte über die Ausgiebigkeit des Zungenkusses, durch den die beiden Männer sich vereinigen konnten, ohne aneinander zu ersticken. Zwei dünn beflaumte Gesichter, die Zungen leckten über die Lippen, umringelten sich und sanken wieder ins jeweilige Mundbett, während ich mit Stäbchen buddhistische Zen-Nudeln aß.

Michael Orowitz hatte mir vom beobachtungsreichen Studienplatz auf dem Union Square erzählt. Ihn zurückersinnend, den ich vor 7 Wochen hier getroffen hatte, Schriftsteller, der Kafka mochte, sogar auf Deutsch, ich erinnerte mich noch, wie er sich wunderte, dass ich und die gesamte deutschsprachige Welt Kafka lasen. Ich legte die Stäbchen beiseite und nahm Stift und Papier. Ich hatte Michael gefragt, wieso ihn das wunderte. Weil Kafka tschechisch geschrieben habe und jüdisch gewesen sei, hatte er geantwortet. Kafka habe auf Deutsch geschrieben, hatte ich gesagt. Michael hatte kurz mit den Schultern gezuckt und gefragt, ob ich jüdisch sei. Ob ich ein Nachtmensch sei. Ob wir deshalb beide New York liebten, weil es hier rund um die Uhr betriebsam sei? Ob wir uns gemeinsam die Nächte um die Ohren schlagen sollen?

Wir hatten uns einige Male getroffen, aber immer erst um Mitternacht am Union Square, und uns über die Schreibzustände unterhalten, aus denen wir uns durch Schreiben befreien wollten.

Heute war ein kühler Hitzetag und deshalb saß ich bereits um zwölf Uhr Mittag da und wartete auf Michael. Er würde Wien gern besuchen, obwohl er Österreich nicht möge und auch etwas gegen die Österreicher habe, aber nicht gegen mich persönlich, wie er sagte, wir seien schließlich zwei Schriftsteller im Union Square Park.

Ob es günstige Hotelzimmer gebe, Jugendherbergen, Studentenheime in Österreich? Jugendherbergen sind nur für junge Leute zugänglich, sagte ich. Er schaute mich verächtlich grinsend an, und wisperte mir aus schiefem Mund zu, dass es natürlich ausreichend Jugendherbergen geben müsse in Wien für Reisende mit wenig Geld in seinem Alter, schaute mich also verächtlich grinsend an und sagte: nicht wahr? Mir fiel die Meldemannstraße ein und ich war verwirrt, denn natürlich hatte er recht, natürlich hatte er mich erwischt bei einer Unaufmerksamkeit, denn natürlich gab es Studentenheime und Jugendherbergen, die in den Ferien preisbewussten oder verarmten Touristen erschwingliche Zimmer anboten, und so begann ich vom Panoramaheim zu erzählen, einem Studentenheim der Roten in der Brigittenau, wo sich auch die Meldemannstraße befindet, ohne die Meldemannstraße zu erwähnen, weil es mir unangenehm war, die Meldemannstraße anzusprechen, wo einst der Führer gehaust hatte. Ich empfahl Michael das Panorama nicht, obwohl es im Sommer als Billighotel diente, und erzählte lieber von der Jugendherberge an der schönen Ringstraße, im Wiener Gemeindebau der Sechzigerjahre, im Nobelviertel der Stadt.

Wenn er ich wäre, so empfahl mir Michael, und da ich schon so oft in New York gewesen sei, würde er längst für eine ganz lange Zeit richtig hier leben, um sich an New York zu sättigen. Das muss man sich erst leisten können, sagte ich. Ich arbeite in der deutschen Sprache mit der deutschen Sprache. Er dagegen hatte Glück, als *english teacher* würde er überall auf der Welt Anstellung finden. In Brooklyn lebte er im Haus seiner Mutter und musste keine Miete bezahlen. Dann unterhielten wir uns über die Mietkosten einer seiner Freundinnen, hier in der Nähe der Park Avenue South, zu deren Bewohnerin er seit mehr als zehn Jahren keinen Kontakt, aber gehört habe, dass sie nun ausziehen müsse, weil sie die Miete nicht mehr bezahlen könne.

Er grunzte grimmig und zauberte einen Pfirsich aus seiner Hosentasche hervor.

Er biss in die Frucht. Die Bartstoppeln glänzten silbern. Er lebte allein. Die Nägel waren kurz geschnitten und nicht gefeilt, was hier in Manhattan unüblich war, weil in Manhattan jeder außer mir zur Maniküre ging, und so sahen seine

Nägel ungewöhnlich eckig aus, da Michael kein Geld für die Maniküre hatte und keine Lust, die Kanten rund zu feilen.

Ich kann meine Nägel nicht feilen, weil ich das Geräusch des Nagelfeilens nicht ertrage. Gern ziehe ich als Erklärungshilfe für diese Empfindlichkeit die Erzählung über die Nachbarskatze zu Hilfe, die Vögel aus den Nestern raubte und fraß. Einmal erlegte sie einen Spatzen und brachte die Beute. Legte sie dem Herrn vor die Füße. Da er ein Vogelliebhaber war, packte er die Katze vor meinen Augen, zog sie an der Nackenhaut hoch und trug sie ins Haus. Er schnappte sich einen Nagelzwicker, klemmte die Katze zwischen den Oberschenkeln ein und zwickte mit dem Nagelzwicker der Katze die Krallen ab. Er musste dazu Pfote für Pfote festhalten und auf einen bestimmten Punkt der Tatze drücken, sodass die Katze die Krallen reflexartig ausfahren musste, und dann setzte er den Zwicker an und knipste die Krallen ab. Die Katze jaulte bei jedem Knipser, wurde ihrer Kletterhilfe und Waffe beraubt. Sie jaulte wie unter Schmerzen. Das Gejaule krampfte mir die Finger ein, bog das oberste Glied unter Höllenqualen um. Michael tat mir leid, als wäre er die Katze.

Dass der Pfirsichsaft über sein Kinn rann und auf sein Hemd tropfte, schien Michael nicht zu stören, mich aber ärgerte dieser Patzen, weil er sein bestimmt selbst gewaschenes und selbst geflicktes und selbst gebügeltes Hemd wegen seines unvorsichtigen Verzehrs wieder reinigen, waschen, bügeln müsste, und dazu würde er noch einen Fleckenstift kaufen müssen, damit das Hemd nicht schmuddelig bliebe.

Er begann zu erzählen, dass seine Verwandten schon eine ganze Weile in Amerika lebten. Wie lange ich denn hier bliebe? Oh, wie geehrt er sei, dass er, der auch schreibt, mit einer publizierenden Autorin sprechen dürfe. Ob ich Drogen nehme? Ob ich Kinder habe? Ob ich mich mit Drogen zurückhalte, weil ich Verantwortung für Kinder trage? Doch wer weiß, bei all der Selbstüberwindung, die das Schreiben abverlangt, vielleicht sollte ich es doch mit Drogen versuchen. Was man mit einer Droge alles leichter überwinden kann – und wer weiß, was ich meinen Kindern schon angetan habe, weil ich schreibe. Wenn ich Drogen nähme, schriebe ich dann vielleicht leichter, um leichter zu tun, was ich tun möchte. Vom Schreiben leben? Worüber ich denn schriebe? Über Identität. Ach. Na dann. Und über *the human condition*.

Michael Orowitz lachte auf, und zwar plötzlich und dann aus vollem Hals und äffte meine Stimme nach. *The human condition*. Er blitzte mich an, wach und jung, klar und vital, stichig blaue Augen, die einzige Farbe, die satt war an ihm. *The human condition. The human condition*. Das männliche Schicksal, übersetzte er für sich. Das männliche Schicksal, das männliche Schicksal.

Das menschliche Schicksal, sagte ich, das menschliche Schicksal. Das verwirrte ihn, aber nur kurz. Vom Feminismus konnte er vielleicht noch nicht so viel wissen, weil er zu alt war, um den Unterschied zwischen menschlich und männlich zu verstehen. Er nahm meine Richtigstellung schnell zur Kenntnis und wiederholte spöttisch: Das menschliche Schicksal. Dann wurde er streng. Was weiß ein Kind wie ich vom menschlichen Schicksal? Was weiß ein Tourist wie ich von einem, der auf der Straße wohnt, der Drogen braucht und Wohlfahrt? Was weiß ich von Scham?

Michael rümpfte die Nase, als könnte er mich nicht einmal mehr riechen. Er putzte sich den Pfirsichsaft vom Stoppelbart.

Ich bin älter als Sie denken, sagte ich. Zum Beweis nahm ich die Sonnenbrille ab und Michael konnte sich vergewissern, dass ich nicht jung war. Er schreckte sogar ein bisschen zurück, bevor er staunte über das faltige Gesicht. Ja tatsächlich, ich sei älter, als er gedacht habe, sagte er unverhohlen verblüfft. Er hatte mich auf Anfang zwanzig geschätzt.

Für wie alt ich ihn schätzte? Für mich ist alt, wer Zahnlücken hat, altmodisches Gewand und modrig fahle Haut. Ich hielt ihn für ungefähr siebzig. Da er arm war, zog ich für die Zahnlücken zehn Jahre ab, und auch für das Hemd ein paar Jahre, und weil ich freundlich bin und ihm auch einen Gefallen tun wollte, schenkte ich ihm noch ein bisschen Jugend. Ich neigte also den Kopf zur Seite, schätzte, um ihm das Gefühl besonders ernsthafter Prüfung zu geben, mit musternder Miene. Sechsundfünfzig, sagte ich. Michael lachte. Danke, sagte er. Vielen Dank. Damit habe er nicht gerechnet, dass er so alt wirke. Er sei gerade achtundvierzig geworden. Er müsse mal wieder zum Friseur und sich ein paar moderne Hemden kaufen, da seine Kleidung zwar wieder in Mode gekommen, aber doch abgetragen sei. Er habe sehr wenig Zeit, wegen seiner Schreibarbeiten und seiner Englischstunden für russische Einwanderer, um shoppen zu gehen. Er fühle sich zudem in seinen Kleidern wohl, und er könne sich von ihnen nicht trennen, daher trage er diese gemusterten Hemden immer noch. Auch zum Zahnarzt müsse er demnächst, denn freilich sei ihm bewusst, dass man mit achtundvierzig ein makelloses Gebiss brauche, wolle man nicht alt und brüchig aussehen. Welche junge Frau küsst denn schon einen Mann ohne Gebiss? Aber er fürchte sich vor Zahnärzten, sagte er und ob es in Wien günstige Zahnärzte gebe.

Er kenne in New York sehr gute Ärzte, sagte er, wenn ich möchte, dann würde er sich gern als mein Retter anempfehlen, falls ich einen Arzt brauchte. Ich hätte meinen alten Professor hier, sagte ich, den ich um Rat fragen könnte. Mein alter Professor. Alter und Titel, das sind die Elemente, mit denen ich die Figur ausstattete, die mich vor den Avancen Michaels schützen sollte. Michael hätte es gern gehabt, dass ich ihm Kafka vorlese. Die wenigsten von Prag begeisterten Intellektuellen hier wüssten, dass Kafka auf Deutsch geschrieben habe, sagte Michael. Danke für die Information. Bitte sehr, sagte ich. Waren Sie schon einmal in Prag?, fragte er.

Michael wusste, dass es von Wien nach Prag nur ein Katzensprung ist. Nach Ungarn zu einem Zahnarzt wäre es auch nicht weit. Er war der einzige Amerikaner in meinem Bekanntenkreis, dem die geografische und geschichtliche Nähe von Wien, Prag und Budapest bewusst war.

Erst als wir aufbrachen, stellte ich fest, dass uns die anderen Parkbesucher nicht aus den Augen ließen. Michael sah alt aus, aber er bewegte sich anmutig. Betrachteten sie uns beide als Paar? Uns beide als Habenichtse – weil ich junge Frau mich mit einem alt aussehenden, heruntergekommenen Schriftsteller unterhielt? Wirke ich deshalb arbeitsloser, als ich war, fragte ich mich auf dem Union Square, wo ich meinen Schreibort auf den Streifzügen durch die Stadt festlegte. Welch Signale sendeten wir aus? Zog meine schäbige, abgewetzte Bauchtasche die abschätzigen Blicke an? Die Schuhe waren fast neu, aber beim Kauf der Schuhe hatte ich auf Haltbarkeit geachtet, als hätte ich nicht genug Geld, um mir mehrere Paare Schuhe zu leisten und auf die Haltbarkeit zu pfeifen. Der Absatz war trotzdem schon abgetreten. Meine Fußnägel waren unlackiert, meine Fingernägel ebenso.

Ich entdeckte das Eichhörnchenhafte, das Sammlerische und fühlte mich auf Wanderschaft. Die Lebensdauer meiner Schuhsohlen, die Maschinenwaschbarkeit, die oftmalige Verwendbarkeit und Tragbarkeit meiner Kleider, alles an mir war bis zum letzten Fadenschein aufzutragen, bis zur dünnst abgewetzten Lederhaut und bis zur abgetretensten Sohle. Ich bin eine Aufbraucherin, keine Verbraucherin. Es war leicht zu erkennen, dass ich nicht von hier war, dazu war mein Haar zu glatt und zu kurz. Michael bedankte sich für die Ehre, die ich ihm als publizierende Autorin erwiesen hätte, und ich dankte ihm für die Ehre, ihn beehrt haben zu dürfen. Wir verabschiedeten uns dort, wo sieben Wochen, später eine grün gekleidete Krankenschwester saß.

Sie steckte Stäbchen in ihre Plastikschüssel und stocherte in den Nudeln, während sie empört den Kopf schüttelte wegen der zwei sich ausschlürfenden Küssenden, die neben mir saßen. Sie pickte einen Bund Nudeln mit ihren Stäbchen, wie Würmer im Mund. Da wurde mir bewusst, dass Essbesteck ja auch von Menschen erfunden worden ist. Die Stäbchen sind dem Schnabel eines Storches nachempfunden, Messer und Gabel entsprechen den Händen, verfeinerte Werkzeuge, mit deren Hilfe das Essen zerlegt wird, erlegt in Bissen, während die Stäbchen Beute zerpflücken. Kultur entsteht durch Analogie. Schreiben bedeutet, sich zur Analogie aufzuschwingen – während just in diesem Moment ein Falke in der Augenhöhe der Krankenschwester vorbeischoss, ein Eichhörnchen im abgeteilten Gehege vor den Augen der Mittagspausler in einem flügelschlagenden Kampf mit einem Schnabelhacker erledigte, und dann das Eichhörnchen festkrallend, mit der Beute auf- und davonflog. Die Krankenschwester ließ vor Schreck die Essstäbchen fallen. *I saw it coming*, sagte jemand. Sogleich tauchten Parkwächter auf und kletterten über den Zaun, betraten die Wiese, das Gehege, mit Schaufel und Rechen. Die Fellbüschel des Eichhörnchens wurden auf den Müll geworfen, den die Parkwächter alle paar Stunden in einer großen Mulde am Rande des Parks sammelten. Darauf kehrte wieder Ruhe ein.

Das sich nun küssende Pärchen hatte mich gefragt, ob bei mir Platz wäre, und nun war ein Eichhörnchen dahingerafft.

Natürlich war bei mir Platz, die Frage war nur für wie lange – ich dachte, dass die laut schmatzenden Männer einander schon lange genug ausgeschlürft hatten und langsam abrauschen sollten. Ich duldete sie bisher, aber sie gaben mir nun das Gefühl, dass ich geduldet wäre, und das störte mich. Ich mit meinem Schreibblock auf dem Union Square, wartete auf Michael.

Ob es gestattet sei, neben mir zu sitzen? Freilich, hatte ich geantwortet, und nun schmusten sie auch noch zum Dessert, auf das ich schreibend verzichtete. Aufstehen und weggehen? Ich war zuerst auf der Parkbank und hatte keine Lust, mich verdrängen zu lassen. Ich setzte mir die Brille auf, meine Augen konnte man nicht sehen, und ich beschloss, das Paar auszuspionieren, wie die Krankenschwester, die sich an meinen Sitznachbarn nicht sattsehen konnte. Der eine, der den Playboy spielte, den Lackaffen, war groß, dünn, hatte kurzes dunkles Haar, kein Make-up und keinen Schmachtblick. Er war sehr gepflegt und sehr sauber, der Oberlippenbart wie eine Augenbraue in Schwung gezupft. Sein Freund nahm sich aus wie eine Schlampe: Filzig, schmutzig, strähnig kaputtgefärbt rotblondes Haar. Plastikkämme im Haar. Blumengesteck am Hinterkopf. Lippenstift verschmiert, abgelutscht, abgeknutscht. Lackreste auf den Fingernägeln. Schleichender Arschwackelgang. Abgefuckte, bräunlich verfärbte Jeans. Flip-Flops. Garstige Zehenspitzen, die schmutzigen Nägel reine Krallen, lang und spitz zugefeilt, mit abblätterndem Nagellack, Trauerrand mit Ring auf der Mittelzehe.

So warf er sich in Pose, der abgefuckte Junge, die welke Mimose, benahm sich wie Müll – noch recyclebar.

Er überschlug grazil die Beine, verschränkte die Arme vor der Brust und schmollte mit Welpenblick. Die Nüstern flatterten und die Schnauzhärchen zitterten im Nasenatem.

Er sei halt nicht zu Hause gewesen, sagte er trotzig. Wieso trotzig?

Der elegante Herr hatte ihn nur sanft gefragt, wo er gewesen sei, und der Bursche antwortete schnaubend wie eine Tussi, trotz verfilzten, abgefuckten Schnauzers im Gesicht. Konnte er Gedanken lesen? Er sagte, er sei keine Tussi und fresse keine Hormone, und er werde sie nie fressen.

Ich schaute ihn an, dann senkte ich den Blick und glotzte seine Zehen an, die zugefeilten Spitzen, armselige einsame Teufelskrallen. Ich folgte dem auf- und abwippenden Bein und lenkte meinen Blick auf die gepflegte Hand des Begleiters. Wie war's denn, fragte er mit schmeichelnder Stimme, die sogar mein Ohr samtig austapezierte. Der Jüngling verdeutlichte mit Schweigen, dass er keine Lust habe, einem Eifersüchtigen zur Unterhaltung zu dienen. Der Jüngling ließ die Arme sinken, die Hände legte er aufs Geschlecht, wo sie ruhten, solange er schwieg. Der feine Herr zählt fragend auf: Leine? Napf? Tisch? Eis? Fell?

Ich hätte seine Hand auf meinem Knie zugelassen, die dunkle, grobe Haut und die Behaartheit, die schlanke, klare Form des Skeletts dieser Hand hätte ich zugelassen, auch wenn sie sich in meinen Nacken gelegt hätte. Nicht aber hätte ich sein Gesicht auf mich zukommen lassen, dessen Ausdruck mir zu glatt und zu selbstsicher war, als spräche ein Urteil aus ihm, dass wir keinem gemeinsamen Gesetz unterlägen, sondern ich seinem Gesicht, seinem Attraktivitätsvorsprung, über den er durch einen Zufall verfügte, mit einem Ausdruck unantastbarer Glaubwürdigkeit.

Ob der andere nur sein Lustknabe war? Potentieller Lebensgefährte? Die Ungeniertheit, der Mut zur Verwahrlosung, die erotische Ausstrahlung, wirklich überzeugend. Der Beau und das Wrack. Beide wirkten unecht. Ob sie ihre Zeit aneinander verschwendeten? Weil sie Selbstbetrüger waren, deren Lebenslügen sich ineinanderfügten? Was für ein guter Mensch ich bin! Dass ich hinschaute und das Paar ausgiebig belauschte, war offensichtlich. Ich objektivierte. Meine Brille war im Prinzip ein Abhörgerät. Ich aß mit den Augen, ich las mit dem Mund. Ich schrieb die Stadt auf dem Union Square nieder, gegen die Ignoranz der Stadt mir gegenüber. Ich saß da und verankerte mich auf Papier. Hergesetzt und hingeschrieben, dass ich mir Halt verschaffte, indem ich aufschrieb, was ich sah, hörte, was mir auffiel, selten, was mir einfiel – denn mir fällt nichts ein, wenn ich meine Verlorenheit nicht fassen kann. Bietet sich ein *tableau vivant* an, wie die Darstellung der beiden Männer, schreibe ich es ab, damit ich etwas tue. Ich bin, was ich tue. Ich betrachtete die beiden, und da ich schrieb, fühlte ich mich lebendig und nicht schlecht. Hätte ich nur zugeschaut, hätte ich mich schlecht, weil voyeuristisch gefühlt. Da ich aber schrieb, durfte ich voyeuristisch sein, weil ich musste, um schreiben zu können. Ich mischte mit.

Der gepflegte, geschniegelte und gestriegelte Mann umarmte den schlampig, verwahrlost, ungepflegt Wirkenden. Wieso fiel mir Pumuckl ein, wenn ich den Schlampian ins Auge fasste? Er lehnte den Kopf an die Schulter seines Herrn, der sein Ohr streichelte und hineinflüsterte, so laut, dass ich es hören konnte: Wirklich, ihr wart allein? Und was habt ihr gemacht?

Mein Gott, Sir, kreischte da der schlampenhafte Lustknabe und setzte sich aufrecht hin, überschlug die Beine und wippte trotzig mit dem Fuß. Sein Sprunggelenk schaute unter der Stulpe hervor, ein Dornenkranz umschloss die tätowierte Fessel.

Was war mit dem Fell?

Fuck you!

Der Lustknabe fixierte schon die längste Zeit die grün gekleidete Krankenschwester, die ungeniert herüberstarrte. Herausfordernd rümpfte die Krankenschwester die Nase und blickte betreten zur Seite, wenn man sie selbst nur für ein paar Sekunden ansah. Sie ließ sich durch Blicke nicht vertreiben, das war klar. Erst der eigene Blick vertrieb sie, als sie ihn auf die Armbanduhr warf.

Sie packte die Plastikschüssel in den Nylonsack, erhob sich und ging gemächlich von dannen, beendete die Mittagspause. Als würde sie von der Leine ihrer Sensationsgier zurückgerissen, drehte sie sich noch einmal um, schaute in das Sodom und Gomorrha neben mir und erstarrte.

Der schlampenhafte Jüngling zupfte sein verfilztes Haar. Schlieren auf der Haut, die auffallend feinporig war. In den Senkfalten der Augenringe lief die schwarze Tusche zusammen. Er richtete seinen schmalen, busenlosen Oberkörper gerade, plusterte sich auf und begann plötzlich zu krähen und der Krankenschwester hinterherzugackern. Ihre Miene versteinerte kurz, blitzschnell drehte sie sich weg und verschwand in der Menschenmenge. Ich beschnüffelte meine Beute weiter, während aufkommende Gewitterwolken über der Skyline die Schluchten rund um den Park verdunkelten.

Weil ich ein guter Mensch sein wollte, sagte ich zum armen Teufel als reicher Teufel: armer Teufel. Arme Teufel waren im Dorf meiner Kindheit Behinderte, Kranke, Kriminelle, Gestrafte Gottes. Zufall und Pech waren Gottesstrafen, in der Vorsehung aufgrund einer Erbschuld Sippen zugeschrieben – leider kommt die Erkenntnis, dass der Ausgangspunkt eines jeden Unglücks als gesellschaftlicher Prozess aufzuspüren ist, zu spät daher. Die Gesellschaft trägt das Kainsmal, die Mörder sind unter uns zum Zeichen, dass Gottes Wille unergründlich ist – die Vernunft ist es nicht.

In jenem Dorf lebte eine Frau, sie bekam ein zuckerkrankes Kind und im Dorf hatte es geheißen, die Frau sei schuld, denn in ihrer Schwangerschaft sei sie eine leidenschaftliche Limonadentrinkerin gewesen. Sie war krank und süchtig. Sie trank in aller Früh die erste Limonade und so ging es den ganzen Tag weiter mit der Limonade, wo sie stand, saß oder auch lag, trank sie Limonade. Hinterm Haus stapelten sich die leergesoffenen Limonadeflaschen in Kisten. Täglich mussten die Kisten abtransportiert und neue Limonade geliefert werden. Die Frau war von der Limonade aufgeschwemmt. Das Kind war bereits im Bauch in Limonade geschwommen und hätte sich vom Zuckerwasser genährt. Auch die Mutterbrust hatte Limonade gegeben und keinen Tropfen Milch. Da brauchte sich niemand zu wundern, dass dieses Baby zuckerkrank geworden sei.

Den Nutzen am Limonadenkonsum zog die teuflische Limonadenfabrik. Es war ein Zeichen der Erbsünde und nur logisch, dass der Vater des zuckerkranken Kindes der Limonadentrinkerin in der Limonadenfabrik als Lastwagenfahrer angestellt war und seine schwangere Frau belieferte. Eine zuckerkranke Frucht war die Folge.

Als der Limonadenlieferant bei einem Autounfall um das Leben kam, ging das Laster der Autovernarrtheit auf das zuckerkranke Kind über, womit die Hinterbliebenen fertig werden mussten, da nun weitere Schicksalsschläge zu erwarten waren wie das Amen im Gebet.

Gemischte Gefühle richten das immer gleiche Urteil aus, Schuld ist, wer Pech hat, und es nimmt sie an, wer das Gefühl hat, versagt zu haben. Ich trank auch Limonade. Und es kam keine Strafe. Aß ich, fraß ich. Trank ich, soff ich. Setzte ich mich, zersetze ich mich. Die Macht der Götter bloßzustellen machte Spaß. Ich las Bücher und schrieb sie und überschrieb sie. Das Gesetz des Stärkeren verlangt sich anzupassen, und das ist sekkant. Schreibend passe ich auf mich auf und dabei kann ich überall auf der Welt meinen Eigensinn bewahren. Ich schreibe und bin beschäftigt und dadurch, dass ich beschäftigt bin, wirke ich nicht störend für andere, bin in einem Raum für mich mitten unter allen. Nicht ganz eins mit hier, zugereist. Beobachterin, bestenfalls als Zeugin zu gebrauchen, falls ich einmal aussagen muss, aber vor wem denn? Das ist die Frage, delegiert die Gesellschaft ihr Gewissen an die Religion?

Eve war katholisch und arbeitete am Union Square.

Mit ihr konnte ich in Amerika auf die Amerikaner schimpfen. Sie war eine Zugereiste, obwohl schon versierte Mitarbeiterin in der PR-Abteilung der Buchhandelskette und seit Jahren in der Kapi-Kosmo-Steppe. Wir schimpften auf alle Amerikaner, die es besser hätten als ich, müsste ich in Manhattan so, wie ich bin, mit dem, was ich kann, existieren. Da kein Mensch Ignoranz erträgt, empfand auch ich Enttäuschung und Wut und Neid, weil New York ignoriert. Keine Chance sah ich, die mir entgegengebrachte Ignoranz umzukehren in Anerkennung durch die Stadt – eines Tages soll sie mich nähren. Meine Ansprüche sind angemessen und meine Arbeit darf geschätzt werden.

Eve war noch jung und sehr *french*. Unsere europäische Gemeinschaft könnte sich als Schimpfgenossenschaft auf New York in New York verstehen lassen. Wir prangerten die Oberflächlichkeit an, die Kindischheit, die Künstlichkeit, die Überlebensunfähigkeit dieser heranalternden Gesellschaft auf Manhattan, die so verschwenderisch lebte, weil sie nichts vererben musste. Es gab keine Kinder hier. Wir schimpften auf die *high incomes*. Die Wall Street. Die teuren Hotels. Die Designerboutiquen, Makler und Landlords. Die armen Mexikaner, die armen Latinos, mit denen fühlten wir uns solidarisch. Sie lieferten völlig gratis einen kulturellen Background zu den Sprachkenntnissen und zur Biomasse, die sie auf dem Dienstleistungssektor nachschoben. Eve verfügte auch über eine natürliche Ressource, ihren französischen Stil, der hier Savoir-vivre, Revolution und Resistance bedeutete. Als Österreicher schaute es schlechter aus. Man konnte nur mit Mehlspeisen aufwarten.

Eve kannte Österreicher in New York, mich und Kinder exilierter Juden. Ich erklärte, dass die österreichische Landschaft schön sein kann, erwischt man den richtigen Landstrich zur richtigen Jahreszeit. Frankreich müsse auch schön sein, zumindest abwechslungsreicher und mit einem besonderen Licht, im Süden und Norden. Paris sei zwar imperial, aber trotzdem ein Nest, und ein Nest halte sie nicht aus, so Eve. Eve verkörperte die Französin, die ich mir als Kind vorgestellt hatte. Sie war nicht klein oder dünn, sie war *fine*. Dunkelbraunes Haar, schulterlange Locken. Dunkle Augen und helle Haut und ein entzückendes Mündchen, das nur einen Hauch von stumpfer Farbe aufgelegt hatte zur Geschmacksverstärkung. Die Brauen gezupft, der Augenaufschlag kokett, und wenn sie über die Brillenkante spähte, dann wirkte das sehr telegen. Immer wieder flötete sie in süßen Tönen über das Drama des miserablen Theaters in dieser Stadt. Wie leicht es sei, hier zu reüssieren. Wie leicht es sei, hier ein gutes Stück zu schreiben. Wie leicht es sei, hier Qualität zu liefern. So redeten wir von unseren literarischen Werken, und da wir selbst bemerkten, dass wir uns beweihräucherten, war alles gut. Ich lauschte aufmerksam ihren Fehlinformationen, dass man hier leicht einen Regisseur und einen Mäzen finden könne, der die Inszenierung, die Theatermiete und die Gagen der Schauspieler bezahle, Erfolg kaufe man hier.

Sie habe einen reichen Schwager, sagte Eve. Sie müsste nur freundlich sein. Doch sie könne es nicht, sagte sie und legte die Hand aufs Herz. Dann kratzte sie sich am Schlüsselbein, als wollte sie beschwören, dass sie den Schwager nicht leiden konnte. Mit der flachen Hand aufs Brustbein schlagend, betonte sie, sie lebe seit Jahren hier und trotzdem behandle sie der Mann, der ihr Mäzen sein könnte, wie eine Touristin. Dabei kenne sie weitaus bessere Örtlichkeiten auf Manhattan als er, da er mit seiner Arbeit verheiratet sei und aus seinem Twin Tower nicht hinauskomme.

II

Wer kennt nicht die Geschichte von der Frau, die ihr Glück in der Ehe sucht? Eve war verheiratet. Ihr Mann war legaler Amerikaner und angehender Wohnungseigentümer. Seit sie eine Versicherung hatte, seit sie verheiratet war, ging Eve zum Arzt. Seit sie schrieb, wirklich schrieb, besuchte sie eine *writing class*. Ihrem Ehemann gehe es nicht mehr so gut, seit sie schreibe. Wir sind verheiratet, aber eher Freunde, sagte sie, er will nicht, dass ich schreibe. Früher war er ganz begeistert davon. Kreativ ist ja gut, aber Kreativität muss man sich leisten können. Sie nahm nun ihre zarte Hand und bewegte sie leicht zum hochstieligen Champagnerglas, packte es mit den süßen kleinen Fingern und führte es an den Mund, süffelte und stellte das Glas wieder hin und sagte, *well, writing is really important to me.* Sie könne einfach nicht zum Schwager freundlich sein, er habe von Literatur keine Ahnung.

Wir saßen am Union Square, im vierzehnten Stock, in einer Non-smoking-Bar, und das war doppelt wahr, weder trug man hier einen Smoking, noch wurde geraucht. Eve war krankenversichert, weshalb sie zum Zahnarzt gehen und ihren kariesbefallenen Eckzahn reparieren lassen würde, er war dunkelgrau, bröcklig, befleckte ihr Gebiss und zerstörte das Lächeln. Ich fixierte den Makel. Eve hatte Angst vor Schmerzen. Sie hatte in New York City Fuß gefasst. Und trotzdem Zahnschmerzen. Ihr Atelier war winzig, *rent controlled* und trotzdem kaum bezahlbar. Sie ging immer wieder nach Paris zurück, in ihren alten Job als Kellnerin, um das kleine Studio zu vermieten und das Geld für die Miete anzusparen. *To gain a foothold*, hieß das.

Sie kam immer wieder zurück. Und sie verliebte sich in ihren Mann und die Liebe gab ihr nicht nur Stärke, sondern auch einen sicheren Platz. Morgen würde sie 34, aber sie fühlte sich wie 28.

Jetzt verbrachte sie ihr Leben in Manhattan – das heißt, sie machte hier alles: schlafen, essen, arbeiten, Stoff wechseln. Sie arbeitete für die Buchhandlungskette und illustrierte Sonderangebote. Sie wollte ihren Mann loswerden. Er hatte ein Appartement gekauft, um auszuziehen, was aber vielleicht noch anders kommen würde, denn sie hatte das Apartment schon gesehen und beschlossen, es als ihr Appartement anzusehen. Bevor die braunen Augen wieder in die Realitätszone der Non-Smoking-Bar kugelten und mir ins Gesicht blicken, fühlt sie sich immer noch jung wie in den Zwanzigern, immer unterwegs, nicht besonders *produceful*, aber tätig. Ich grinse beipflichtend. Sie saß zu Hause und schrieb. Mit einem Drehbuch erhoffte sie sich den Durchbruch. Sie kam gut voran. Sie war auf Seite fünfzig. Das Drehbuch würde 120 Seiten haben, der Roman 300. Das Drehbuch würde sie an einen Agenten verkaufen. Sie kannte die Prozedur schon. Was üblich war, erschien ihr leicht.

Ich hatte Lust, mich zu betrinken. Besäuft man sich in New York? Oh ja, sagte Eve, aber sie, sie mochte das nicht, ihr Geld an der Bar auszugeben. New York ist ja teuer. Der Ehemann glaubte nicht an ihre Geschichten. Nein, nein, er glaubt schon, aber es ist ihm zu viel Kreativität, weniger Kreativität genügt. Die Non-Smoking-Bar sei ja sehr bekannt. Sie stellte den Ellbogen auf den Schenkel des übergeschlagenen Beins und kratzte sich unterm Kinn, legte den Kopf schief und die Wange in die Handschale. Sie sagte, sie könne die Non-Smoking-Bar innenarchitektonisch umgestalten, sie kenne den Besitzer.

Ihre Fingernägel waren nicht lackiert, aber schwarz. Was ist mit deinen Fingern geschehen?, fragte ich. Sie biss die Zähne zusammen und verzog den Mund. Der Schmerz, sagte sie, sei so schlimm gewesen, dass sie eine halbe Stunde auf den Stufen ihres *brownstone buildings* gesessen und nur gebrüllt habe. Niemand sei stehengeblieben und habe gefragt, ob sie Hilfe brauche. Niemand habe sich nach ihr auch nur umgedreht, hingeschaut hätten die Leute, während sie an ihr vorübergingen, aber keiner drehte sich um, alle seien über sie hinweggegangen, an ihr vorbeigegangen, nicht nur vorbeigegangen, sondern über sie hinweggegangen, mit der ganzen weltstädtischen Ignoranz, die Passanten, wenn man dieses Vorbeigehen einmal richtig benennen wolle, als Trampeltiere an den Tag legen. Ganz New York sei über sie hinweggegangen und über ihre Tränen, die aus den Augen geschossen und auf das Brillenglas geprasselt seien, hinweggegangen. Ein Häuflein Elend sei auf der Treppe eines East Village *brownstone building* gehockt. Hinweggegangen. New York, New York über Eve hinweggegangen. Mit strengem Blick habe man über sie hinweg- und durch sie hindurchgesehen und über sie drüber. Man stürmte an ihr vorbei. Man ging über ihre Leiche. Eve am Boden, kauernd und wimmernd und der Rest der Welt ignorierte ihren Schmerz. Auch Verdrängung benötigt Aufmerksamkeit. Und dennoch beugte sich niemand herab, reichte niemand hilfreich die Hand, was Eve zu einem Gemisch aus Wut, Zorn und Schmerzgebrüll veranlasste. Sie habe den Schmerz gewusst, aber nicht gefühlt. Sie habe ihn gewusst, weil sie die Hand im Türspalt gesehen hatte. Und deshalb wartete sie auf den Schmerz wie auf eine Strafe. Und es geschah nichts. Und da glaubte sie schon, auch der Schmerz sei über sie hinweggegangen. Nicht einmal der Schmerz hatte Mitleid mit ihr. Doch dann kam er mit einer Wucht, die sie wirklich überraschte, trotz aller Erwartung und Enttäuschung über die Mitmenschen. Stichartiges Brennen, Pochen und ein Ziehen in den Fingergliedern, die Sehnen auf die Folter gespannt, bis zum Zerreißen gedehnt. Sie wurde panisch und ohnmächtig aus Angst vor der Ohnmacht und deshalb panisch. Erst nach einer halben Stunde, als das Telefon in ihrer Tasche klingelte, war sich Eve bewusst, dass sie eine Freundin hatte. Und nun brach aus ihr heraus, was geschehen war. Sie habe die Hand im Türstock vergessen, nachlässig habe sie die Fingerspitzen über die Zargen gleiten lassen, als sie über die Schwelle nach draußen getreten war, wie sie es aus Frankreich gewohnt war, wo das langsame Nachziehen der Hand beim Verlassen des Hauses *good luck* bedeutete. Pech für Eve, dass die Tür mit einem Krachen ins Schloss zurückgefallen war und die Finger zerquetscht hatte. Die Fingerspitzen steckten in der Tür, weil die Bremshydraulik versagt hatte. Und jetzt war die Pfote blau und schwarz gequetscht.

Meine Hände ballten sich zu Fäusten, um meine eigenen Fingerspitzen zu schützen und sie nicht länger mit Eves ramponierter Pfote zu vergleichen, um ihren Bericht ohne Regung zu schlucken, weil es mich ekelte vor den Fingern. Aus welch abartiger Lust heraus mir plötzlich der Speichel im Mund zusammenfloss, das hätte ich selber gern gewusst. Ich konzentrierte mich auf Eves Lippen. Ich musste den zusammenfließenden Speichel schlucken, um nicht zu sabbern. Ich heftete meinen Blick auf Eves Lippen, ein komischer Ausdruck ist dieses „Den Blick auf etwas heften", was mir die Vision aufdrängte, wie mein Blick die weiße Haut durchbohrte, erst an der Unterlippe, dann an der Oberlippe, und die roten Wülste mit schwarzem Zwirn zusammenzurrte, sodass die französische Hübschheit komplett entstellt wurde.

Eve saß vor mir und erzählte vom Schrecken und von der Rettung des Tages. Ihre Freundin sei gekommen und habe sie von den Stufen des *brownstone buildings* fortgeführt, über die Schwelle zurück hinauf ins Badezimmer. Das Blut quoll aus den Nagelbetten. Die ganze Hand marmoriert von Schlieren.

Die mittlerweile schwarzblau angelaufenen Fingernägel mussten auf Eis gelegt werden, um die Schwellung niederzufrieren. Eine noch nie gehörte Stille breitete sich aus in ihr, vom Magen weg, ja wirklich vom Magen.

Eve legte die Hand flach auf das Brustbein, was sie zu einem langen, tiefen Seufzer brachte, bevor sie das Blut rauschen hörte und das Herz pochen, bevor sie ohnmächtig wurde, als man ihr die Finger auf die Bleiplatte legte und die verstauchten Knöchel hinunterdrückte.

Ich hielt meine Hände unterm Tisch versteckt, umfaustete mit einer Hand die andere, als riebe ich mir die Hände. Das Wasser lief mir im Mund zusammen. Ich schluckte, erregt, als wäre ich ein Sadist. Eve lehnte sich zurück und fragte, was schaust du so komisch? Was hast du denn?

Ich bat sie, ihre Erzählung zu stoppen, schüttelte meine Hände, als wollte ich an den Fingerspitzen hängende Krebse wegschleudern, die mir in die Finger schnitten.

Eve legte die Hand an die Wange, und die fünf geschwollenen und schwarzblau verfärbten Nägelbette auf der weißen Haut ließen mich an den Abdruck eines ins Tintenfass getappten Froschkönigs denken. Eve sagte, sie könne mich verstehen. Sie habe auch so eine Abscheu vor Schmerz, dass es ihr das Wasser im Mund zusammenlaufen lasse, sie wisse auch nicht warum. Aber sie leide unter einer bestimmten Vorstellung ganz besonders, sodass sie nicht einmal einschlafen könne, wenn sich die unerträgliche Vorstellung vor ihrem geistigen Auge aufblähe. Bei ihr konzentriere sich aller Ekel und alle Abscheu vor Schmerz auf eine bestimmte Körperzone, nämlich auf den Nacken. Woher das kam? Sie hielt ihren Nacken immer mit Schals bedeckt. Außerdem trug sie das schulterlange Haar offen. Eve würde nie ein Halskettchen umlegen, sie wolle die Kombination von Metall und Haut im Nacken nicht spüren. Ein Halskettchen sei kalt und zeichne eine Linie auf den Hals. Die Kombination von Nackenhaut und Metall bringe sie in derartigen Aufruhr, dass sie an den Nervenenden ihrer Fingerspitzen und am ganzen Körper ein Zucken spüre, als würde die Haut sich von ihrem Fleisch abziehen wollen, um aus der Haut fahren zu können. Ich nickte impulsiv. Auch mir graut vor Schmerz, und wenn ich das Wort Schmerz höre, fallen mir Hände und Finger ein und Reißverschlüsse.

Ich konnte Eves Versponnenheit nachvollziehen und ließ dieses ambivalente Gefühl von Lust und Grauen zu. Nackte Nacken. Verkohlte Fingerspitzen. Ich betrachtete Eve zunehmend interessiert, fühlte mich bereits ein wenig intim. Wir tauschten einen Moment lang ein Lächeln. Die Überlegungen, woher unsere Versponnenheiten kommen könnten, vollzogen sich von Angesicht zu Angesicht. Ich freute mich kurz und sagte dann in einer plötzlichen Überzeugtheit: Das ist die Guillotine.

Die Guillotine. Das blitzende Massenmordinstrument. Eve staunte. Ihr Grausen vor nackten Nacken sei typisch französisch. Geschichtsbücher fielen ihr ein, die sie heimlich gelesen hatte, die Portraits abgeschlagener Köpfe.

Dann wiederum suchte mich die Erinnerung an ein Buch heim, in dem ich blätterte, und unvorbereitet auf die Abbildung eines Leichenbergs stieß, ein Massengrab, eine nackte Frau, die erschossen zusammensinkt.

We are haunted, dachte ich und auch, dass ich endlich eine mir einsichtige Verwendung für dieses Vokabel gefunden hatte. Dass Eves Nackenphobie typisch französisch sei, wiederholte ich, und, weil ihr Überleben auf Kosten der vielen Geköpften basiere, sei ihr Grauen eine Erinnerung an die Geschichte ihrer Nation. Eve war zu einem Triumphgefühl berechtigt, denn sie war Französin, hervorgegangen aus der Revolution, die sich in Manhattan sehen lassen konnte. Die Geschichte schlummert in uns und benützt uns als Bausteine. Ich hockte im abgedunkelten Zimmer und war sprachlos durch dieses eine Buch über Auschwitz. Hatte die Seiten berührt und den Atem angehalten, Schrecken und Neugier gleichermaßen überschwemmten mich – wobei die Neugier sich in ein unendliches Wissen-Müssen verwandelt hatte, das mich seitdem trieb, Gründe aufzuspüren.

Eves Kopf saß fest und dennoch spürte sie eine Art Phantomschmerz und gleichzeitig die Genugtuung, dem Geschichtskörper obenauf zu sitzen.

Und du, fragte sie? Hast du dir die Finger verbrannt?

Eve war mehr bei sich und wendete das Gesicht zur Seite und nach ein paar Sekunden wieder mir zu. Die Augen leuchteten und blinzelten über den Brillenrand. Sie schaute mich lange an und funkelte im Erkenntnisblitz der Guillotine. Sechs Jahre lebte sie in New York, und zwar mit Hingabe, wie sie von sich behauptete, und nun, unterm Strich, landete sie mit mir in einer Non-Smoking-Bar am Union Square und fasste ihre Entwicklung zusammen und sagte resigniert: *I'm so french.*

Ich schwieg. Meine Hände blieben gefaustet, die Fingerspitzen eingeigelt. Heimjubelnd klang es von der Wolkenkratzerwand, die mir auch nichts sagte. Was der Körper nicht erlebt hat, weiß er nicht – trotzdem gibt es körperliche Sensationen. Abscheu und dämmernde Angst kennt der Mensch, auch die Lust drauf. So saßen wir schweigsam jede für sich noch ein wenig in der Non-Smoking-Bar und verstanden einander, die eine sich vor nackten Nacken grausend, die andre vor gequetschten Fingerspitzen und Verbrennung.

III

Der arme Teufel vom Union Square war der Schlampian neben mir. Er beugte die Arme ab und schlug mit ihnen wie mit Flügeln. Dazu schnatterte und krähte er der Krankenschwester hinterher, die ihn kopfschüttelnd betrachtet hatte. Als sie die Stufen hinab immer kleiner werdend verschwand, setzte er sich und legte den Fuß des einen auf das Knie des anderen Beines. Sein gepflegt wirkender Begleiter streichelte den Knöchel, zog die Hand zurück und gab den Blick auf das Wildfleisch seiner Narbe um die Fessel frei. Der Lustknabe verschränkte die Arme vor der Brust und schaute trotzig in Richtung Krankenschwester, das Erpel-Geschnatter in einen Gruß für die Krankenschwester verebben lassend: *Have a great day*. Er überschlug die Beine und wippte mit dem rechten Fuß wild. Die Fessel des rechten Beines war tätowiert, auffällig die Narbe entlang der Sehnenstränge. Hallo, rief er fordernd, laut und provokant grüßte er einem anderen Passanten zu, der ihn musterte. Dann kletterte die Hand des eleganten Begleiters wieder über die rechte Schulter des Knaben in seine dicht behaarte Achselhöhle hinein, wo die Finger bis zum Anschlag eindrangen, was ihn kichern und den Arm an den Leib pressen ließ. Er hob seine Beine, legte sie über den Schoß des eleganten Begleiters auf die Bank, die Geschlechtszone unter den Kniekehlen begrabend. Der Herr streifte mit sanft geführter Fingerkuppe das vernarbte Sprunggelenk.

Er habe gefroren, sagte der Lustknabe unkontrolliert mit der Schulter zuckend und kreisend.

Der Herr zog seine Finger aus der Achselhöhle und hielt sie vor den Mund, als steckte er sich eine Zigarette an, bevor er die Kuppen küsste.

Dann fuhr er den Ausschnitt des T-Shirts entlang, krabbelte über die Wirbelsäule zum Po und unters T-Shirt, schob es hoch. Der Rücken war tätowiert. Von weitem sah die Wirbelsäule des Jungen wie genagelt aus. Bei längerem Hinsehen faszinierte die Gleichmäßigkeit der Wirbelzacken, die sich wie aufgefädelte Perlen durch die dünne Haut drückten.

War dir sehr kalt gestern Nacht?, fragte der Herr leise. Er schloss die Augen, die Stimme war heiser. Er schmachtete genussvoll mit halb geöffneten Lippen. Die letzten Sonnenstrahlen tupften Reflexe auf seine feuchte Unterlippe und meine Tintenschrift. Es donnerte, bald würde das Gewitter kommen. Der Sonnenstrahl stach ins Auge und durch das einschießende Wasser sah ich plötzlich alles verschwommen. Wie träumen blind geborene Menschen? Um zur Sprache zu kommen, brauche ich Bilder. War Homer von Geburt an blind?

Und das Fell? Was ist mit dem Fell geschehen?, fragte der elegante Begleiter.

Meine Ohren wuchsen hinüber, um das Geflüster mitzuhören, mir nichts selber erklären zu müssen, sondern erklärt zu bekommen.

Ich halte das Fell nicht aus, es tut weh, sagte der Lustknabe und presste sich die Hände auf die Ohren. Was tut weh? Seit wann tut ein Fell weh?, fragte der elegant gekleidete Herr. Der Lustknabe krümmte sich bei seinen Worten, presste die Hände auf die Ohren und kreischte, als zöge ihm das Wort „Fell" das Fell über die Ohren. Er beruhigte sich erst, als der elegante Herr seine Zehen streichelte. Er schob die Daumenkuppe über die spitz zugefeilten Nägel, stutzte und richtete sich auf, fuhr mit der Hand in seine Hosentasche und holte einen Nagelzwicker hervor. Er drehte den Knipsbügel um, setzte die Messer an die spitzen Fußkrallen seines Freundes und begann die harten Nägel wegzuschnippen. Das Geräusch des Nagelknipsers war ein Mark und Bein durchdringendes Klicken wie der Trigger einer ungeladenen Pistole. Klick, klick, klick –

Ich bekam alles mit, ohne aufzuschauen. Wie Nagel für Nagel abgezwickt durch die Luft spritzte. Hallo, hallo, brüllte jemand, und dann die neben mir sitzende Schwuchtel: Hallo, hallo, ganz knapp an meinem Ohr. Ich riss meinen Kopf herum und schaute in das Gesicht des grinsenden Schreihalses. Schreiben Sie mit?, fragte er scheinheilig lächelnd. Schreiben Sie mit, sagte er und diktierte mir: Dieser Herr fragt, ob ich kein Badezimmer zu Hause habe – stellen Sie sich das vor! In diesem Augenblick erkannte ich den Lustknaben, es war Tom Cruise

Ich behielt den Stift in der Hand, das Heft lag auf den Knien. Ich hatte es bis dahin nicht bemerkt, aber die rundum sitzenden Leute schüttelten die Köpfe und warfen nun mir verstohlene Blicke zu. Ja, nun war auch klar weshalb. Ich schrieb und schrie nicht vor Begeisterung, neben einem Star zu sitzen. Da sagte der schlampige Tom Cruise: Danke, dass Sie uns bei sich sitzen lassen haben. Wir haben Sie hoffentlich nicht belästigt.

Not at all, sagte ich.

Dann schwang er die Füße von der Bank, setzte sie auf die Erde und erhob sich mit seinem Freund. Sie drehten sich noch einmal um und winkten zu den Worten, danke, dass Sie uns nicht so angestarrt haben.

Ich zuckte ratlos mit den Schultern.

Die Mittagspausler des Union Squares zollten dem abziehenden Paar keine Aufmerksamkeit mehr, sondern nur noch mir, als ein Wunder geschah. Das Sakko des eleganten, bislang mir unbekannt gebliebenen Herrn war auf dem Schulterblatt zerrissen. Ich wollte ihm nachrufen. Noch als das weiße Knäuel hervorquoll und zur Größe meines Schreibblocks angewachsen war, vermutete ich das Hemd, bis ich sah, dass es ein Flügel war. Der Wind blies in die feinen Federn und die übrigen Union-Square-Besucher starrten mich an, weil ich aufsprang und im Stehen verharrte, als das Paar sich in die Lüfte erhob. Ich sah mich schweigend um, niemand sonst hatte es gesehen. Aber ich hatte es geschafft, mich in den Mittelpunkt des Union Square zu rücken, die Leute fanden mich merkwürdig.

IV

Die letzten Tage in New York verbrachte ich mit meinem Sohn. Er kam, um mich abzuholen. Wir besuchten das World Trade Center, weil sein Schulfreund dort gewesen war und im IMAX-Kino einen Präsentationsfilm über Manhattan gesehen hatte. Ein Kind haben heißt, Besuch zu haben, der nie mehr weggeht. Auch wenn er weggeht oder man selbst zu Besuch ist – man bleibt Gastgeber. Als ich mit dem Kind ins IMAX-Kino direkt unter der Plattform ging, war ich also seine doppelte Gastgeberin, um aus der Hubschrauberperspektive durch die Schluchten von Manhattan zu fliegen.

Die Sesselreihen wurden zur Effektverstärkung gekippt. Wir saßen praktisch im Cockpit. Das Kind war an diesem

Tag ein World-Trade-Center-Besessener. Es wollte alles ausprobieren, sämtliche Computerspiele und Abschussrampen, damit es seinem Schulfreund berichten konnte, dass es dasselbe gesehen und erlebt habe wie er. Wie um die Freundschaft zu bestätigen, obwohl örtlich und zeitlich im Erlebnis getrennt, um sich Zeitgeschichte zu teilen. Der Ort würde bald durch Auslöschung Geschichte sein.

Mein Sohn hatte Hunger und wir diskutierten auf der Plattform, was ich ihm auf keinen Fall spendieren würde, weil ich ernährungsbewusst sein müsste. Coca Cola, Hot Dogs und Pizza. Das ganze Fastfoodprogramm. Es war windstill auf dem Turm. Der Himmel war milchig. Ob Wetterumschwünge hier oben so heftig ausfallen wie im Gebirge, fragten wir uns. Blitzableiter. Antennen. Wir einigten uns auf Hot Dogs.

Nathan's Hot Dogs, die besten der Stadt. Mein Sohn benützte keine Serviette, er nahm die Handrücken. Ich schimpfte. Er wischte das Ketchup ab.

Die Serviette mit dem Schriftzug „Nathans Hot Dogs" blieb unbenützt und das Kind nahm sie als Andenken mit, klebte sie ins Reisetagebuch. Dort ist sie heute noch.

Wir wohnten im Greenwich Village. Souterrain und trotzdem sauteuer. Eve sagte oft: So geht es nicht weiter mit New York. Es ist zu teuer. Das werden die Menschen nicht mehr lange bezahlen.

Es war mir peinlich gewesen, dauernd aufs Geld schauen zu müssen, nicht mithalten zu können mit Freunden und mit ihr. Eingeladen zu werden bedeutet, ein Gastgeschenk mitzubringen. Ich lechzte nach Designerkleidung. Es war mir wichtig, etwas zu gelten, weil ich pleite war. Aber ich wollte New York nicht finanzieren. Ich aß wenig und bald überhaupt nichts mehr. Nur mit meinem Sohn verprasste ich in fünf Tagen dieselbe Summe Geld, die ich vorher in sieben Wochen ausgegeben hatte. Wir gingen täglich ins Restaurant essen und kehrten öfter bei FAO Schwarz ein, kauften Spielzeug. An meinem Geburtstag stritten wir, weil er zu FAO Schwarz wollte und ich ins Plaza, um zu feiern und für seine Schwester das Buch *Eloise* zu kaufen, das im exklusiven Plaza spielt. Ich gab nach und wir gingen zuerst ins Spielzeuggeschäft. Doch dann wollte er nach Hause, die Legomonster zusammenbauen und mit ihren Waffen schießen. Wir gingen ins Plaza und ich setzte mich ins Buffet und trank ein Glas Taittinger. Die teuersten Schlucke, die ich seit Wochen zu mir genommen hatte. Das Kind ließ den Kopf hängen. Draußen verschlang es einen Hot Dog. Wir saßen herum. Wir waren traurig. Vertrugen uns wieder und gingen mit der Legoschachtel zur Party, die Eve für mich vorbereitet hatte. Wir aßen Eiscreme und sie schenkte mir einen kleinen Kuchen mit Zuckerglasur und einer Kerze darauf. Ich wunderte mich, weshalb sie für das Decken des Tisches, für drei Personen, den ganzen Nachmittag verbraucht hatte. Wir stiegen aufs Dach im 12. Stock und ich zeigte dem Sohn die Aussicht. Chrysler, Empire und im Süden die Twin Tower.

Wir fuhren mit dem Taxi in das winzige Souterrain-Zimmer in Greenwich Village, wo ich die Moneten zählte, weil ich abends Eve zu uns eingeladen hatte und kalkulieren musste, wie viele Drinks ich noch spendieren konnte.

Ich kaufte in der Bar Margaritas. Nach dreien ist man betrunken. Während das Kind schlief, saßen wir auf dem Gehsteig vor seinem Fenster in Liegestühlen und aßen Pizza und Wrap. Eve fürchtete sich vor Cops, aber sie machte mit. New York erschien mir selbstverliebt, teuer, stillos, qualitätslos, verfettet. Eve war stumm und freundlich geblieben. Ihr war Manhattan nicht zu teuer, es sei halt eine Insel.

Ein paar Tage später flogen wir nach Hause und ich liebte eine zeitlang keinen Ort mehr als Wien, begeisterte mich für die niedrigen Lebenserhaltungskosten in dieser Stadt und kuschelte mich in die Ehe und Sicherheit, die mir Platz bot.

V

Der Präsident formulierte mit seinen schmalen Lippen das Wort *attack, attack*, der Fernsehton klang knochentrocken Ich klaubte gerade Unisex-Sweatshirts von der Wäschespinne und legte sie zusammen. Später ging ich zum Telefon. Für Michael bedeutete der Anschlag Krieg, er wollte unter Umständen nach Wien auswandern. Eve war in der Buchhandlung und illustrierte Anzeigen für Sonderangebote, draußen sei es wie ausgestorben, sagte sie. Staub und Papierfetzen. Tom Cruise ist verheiratet und erwartet Zwillinge. Bald ist der Spuk vorbei, dann kommt der nächste.

Bevor die Fackel brennt, muss sie ja jemand entzünden. Entweder liefert den Funken die Natur oder ein Menschfreund. So wie die Landschaft da draußen herumliegt, wird sie erst plastisch im Licht. Sie hat Tiefe durch Schatten. Raum. Zeit. – Der Mensch.

Die Fackel ist ein offenes Licht. Sie schattiert Gefühle durch die Grade der Temperatur. Die Dinge erhalten Namen, schwarz auf weiß. So wie ich das da draußen liegende Land schwarz auf weiß „mein *schönes* Kinderland" genannt habe. Schön? Eigenschaftswörter geben die Temperatur an, ich setze das Wort „schön" dem Verb „einleuchten" aus. Mit Kälte. Mir will nämlich nicht einleuchten, was in diesem Land schön war. Warum nenne ich es dann schön?

In meiner höchstpersönlichen Landschaft steht ein Baum drin. In seinem Schatten sitzend, rauscht oben der Wind durch die Baumkronenblätter. Kein Rascheln, kein Rauschen, kein Wispern. Es herrscht Postkartenstille, weil ich mir Palmkätzchen in die Ohren gestopft habe. Eine Schlange mit gespaltener Zunge und menschlichem Antlitz lebt im Baum, sie will mich verführen. Sie wirft Äpfel nach mir. Ich rühre keinen an. Der wahre Paradiesapfel wäre eine knallrote Killertomate. Sie wächst nicht auf Bäumen, auch nicht in Moskau, sondern in Hollywood.

Ein Griff in die Erde, in der dieser Baum sich verwurzelt hat, gibt mir die Sinnesanregung zu entdecken, dass ich Friedhofserde betaste und damit einen Aggregatzustand von Fleisch und Blut. Was wird herrschen, wenn ich Erde bin? Sprache oder Barbarei auf der Oberfläche dieser Landschaft? Immer wenn ich hierher fahre, frage ich mich, wieso ich hier begraben sein möchte. Es ist doch egal, wo man begraben ist. Und wer sagt, dass ich eine Erdbestattung will? Was ist überhaupt mein letzter Wille? Was war denn mein erster?

Geboren in Klagenfurt. Aufgewachsen in Velden am Wörthersee. Begraben in Klagenfurt? Das Leben bevorzuge ich in einer großen Stadt. Was hat mir Erde zu sagen? Woraus bin ich Atheistische, in sprachrassistischem Odem Aufgewachsene? Was habe ich an Schönem zu erinnern? Die Erzählung von den Christbäumen über Villach? Die Erzählung von den jagenden Bombern über Rosenbach? Mehr hatten die Eltern nicht zu berichten als vom Hocken im Brennnesselversteck. Dem Zungenboden zu entgehen in ausgedachter Sprache bedeutet, erfinde dich selbst.

Auf den Rücksitz des elterlichen Autos verfrachtet, fuhren wir zum Verwandtenbesuch. Ein Ritual. Als sich die Motorhaube ins Rosental hinabsenkte, zu den Orten der Herkunft, auf der Höhe eines Kriegerdenkmales, vor der sich auftuenden Aussicht, entflammte der Herbst die Wälder goldrot. Da rief das Elternpaar wie die Landschaft anfeuernd, dass es bei so einer Malerei doch einen Schöpfer geben müsse. Meine Hoffnung, wegzukommen aus dem Panorama, richtete sich woanders hin. Zwischen den Elternköpfen hinausschauend, duckte ich mich unter den harmlos aussehenden Schäfchenwolken. Ich saß in einem Faraday'schen Käfig, der vor Blitzen schützt, aber nicht vor Begeisterung. Landschaftsgenuss ist mir verdorben. Ich liebe die Großstadt, wo die Gefühle mit ihren Bildern in Beton gespeichert sind und nicht mit den Jahreszeiten wechseln.

Ich hörte die Kirchenglocke. Der in den Himmel ragende Baum ist nun in einen Kirchturm mit Zwiebelturmspitze verwandelt. Goldgelb. Streifte Helios an oder hat ein Gott Blitze geschickt? Es gibt viele Götter, welchem gehört der Urknall? Das geschindelte Dach brennt.

Niemand hat je ein Wort über die Geschichte der Nachbarn verloren. Nicht einmal, als das Feuer kam und ihre Höfe zerstörte und der Funke übersprang auf den Hof der Verwandten. Es war Nacht, aber der Feuerschein färbte den Himmel rot, als führe hinter dem Hügel der Sonnenwagen heran.

Ich höre das Schnalzen der Tantenzunge. Die verführerische Schlange. Sie bezichtigte die Großmutter der Brandstifterei. Großmutter sei zu dumm, auf Deutsch zu beten, nur deshalb seien die Funken übergesprungen. Die Tante hat sich das Maul zerfetzt. Sie hasste es, eine Bäuerin zu sein, deshalb hasste sie es auch, darüber nachzudenken, was es bedeutete, einen Hof zu besitzen in diesem Landstrich.

Die Nachbarn waren Kanaltaldeutsche, Umvolkungsnaziprogrammversetzte auf den Höfen vertriebener, als volks- und staatsfeindlich verleumdeter slowenischer Kärntner. Das Wehklagen der Tante war akustischer Widerschein, hetzender Nachhall aus Wut und Hass, weil ein Engel die Fackel auf ihren blöden Stall hat fallen lassen. Und warum?

Gottesstrafe, weil die Großmutter auf Slowenisch gebetet hat anstatt auf Deutsch. Sveti Maria. Zu dumm, das Feuer nicht anzulocken, zu dumm, nicht krank zu werden, zu dumm, nicht hungrig, müde, traurig zu werden, zu dumm, nicht einen Schlaganfall zu haben, zu dumm, nicht zu sterben. Die Slowenischsprachigkeit sei die Wurzel des Üblen, und die gehöre dem Haus und dem Hof ausgemerzt. Dabei brachte die Beschimpferin selbst kein deutsches Wort über die Lippen, nur Dialekt. Hätte sich die Großmutter die Zunge abbeißen und ins Feuer werfen sollen? Das hätte zumindest die Tante beruhigt, früher habe man das Feuer mit Feuersalamandern gelöscht.

Die Großmutter und alle anderen um den Tisch schwiegen, als die Tantenzunge hin- und herhetzte. So redet man doch nicht, lauteten die wenigen entgegnenden Worte, und die Schwiegertochter sagte, wer Slowenisch spreche, solle nicht reden. Es war für mich nicht normal, sich beschimpfen und schulterzuckend die Worte an sich abprallen zu lassen. Aber es war für mich normal, diese Anormalität zu beobachten. Wir, die Kinder, wir versuchten ja zu entkommen von diesem Ort des Zufalls, wo die Anfälle in verbalen Überfällen stattfanden. Und wir entkamen, jedes in eine andere Richtung, aber nicht alle Wege führten fort, die meisten wieder zurück.

Die Sonntage blieben höllisch. Die Großmutter trug ein seidenes Kopftuch, hatte Augen wie eine Schildkröte und besaß wenig Süßes, aber doch! Sie steckte den Kindern Nylonsackerln mit den Süßigkeiten zu. Wir blieben ihr dennoch fremd. Sie hatte kein besonderes Interesse an uns, den Mädchen. Unsere gemeinsame Basis waren die Süßigkeiten. Es genügte aber ein Funke der Vertrautheit, um diese Großmutter für immer als klug und süß zu erinnern. Das einzige deutschsprachige Wort, das sie von sich gab, war ein Satz: Die Tante spinnt. Das war wahr und zergeht mir noch heute wie Schokolade auf der Zunge. Die brüchige Stimme der Großmutter ist mir die Fackel im Ohr.

Was hat die Tante getobt. Ihre Zunge zuckte wie eine aufgeschreckte Eidechse in der Mundhöhle, weil sie keinen Ausweg fand aus ihrem Hass. Gott, so hieß der Landschaftskerkermeister, der den Einheimischen das Sprechwerkzeug erschaffen hat, hat auch ihre Zunge eingesperrt. Die Tante war verliebt in die Idee, eine Bessere zu sein, indem sie Slowenisch hasste.

Als mir die Formulierung „sie wird einmal gewesen sein" durch den Kopf schoss, begriff ich den Sinn des Futurum Exactum. Ihr Tod und leider auch meiner sind Gewissheit.

Von der Großmutter lernte ich mich abzuwenden, wollte ich nicht in den Familienriss stürzen. Sie hat den Satz für mich auf Deutsch gesagt, und sie hätte ihn in jeder anderen Sprache sagen können. Jede Sprache ist verständlich, wenn sie wahre Sätze hervorbringt. Darin besteht auch die Rettung für Sprecher mit gespaltener Zunge.

Vielleicht ist Schreiben babylonisches Wurzelziehen, um die Postkartenstille meiner Erinnerungslandschaft zu durchdringen – um zum Ton zu gelangen, der mich ausmacht.

Wer ist man schon? Gestalt mit Sinnen. Selber ein Ort, um Einfälle dem Zufall des Hasses entgegenzusetzen, den man nicht ausbaden soll – und diese Einsicht wird die Welt auch nicht besser machen, außer mich und damit alles.

Brief an den Circus

Sehr verehrte Damen und Herren!

Der Abend mit den prominenten Vertretern aus Literatur und Kritik in Ihrem Haus war sehr interessant. Ich danke für die freundliche Einladung und möchte gleichzeitig höflichst bitten zu entschuldigen, dass ich ihr tatsächlich nachgekommen bin. Sie verzeihen!

Auch, dass ich kein passenderes Geschenk mitbrachte als dieses Buch über das Eislaufen: *Meine Dreier*. Von Helga Glantschnig. Dieses Mitbringsel wurmt mich. Hätte ich dieselbe Zeit für die Vorbereitung auf den Besuch aufgewandt, die ich nun für diese Zeilen aufwende, wäre mir schon im Vorhinein bewusst geworden, dass ein Titel wie *Meine Dreier* für einen solchen Anlass zu mittel ist. Ich meine nicht mittelmäßig, der Titel ist weder eine Bewertung meiner noch Ihrer Leistungen. *Meine Dreier* bedeutet auch nichts Sexuelles. Der Dreier ist die Ziffer auf dem Eis, an der eine Eisläuferin Kufensicherheit und Balancegefühl erwirbt. „Was du an Kräften sparst, tritt als Stil zu Tage", sagt Glantschnig und dieser Satz ist Literatur, weil er ist, was er sagt, und eine Figur schafft. Eine Volte.

Mein Stil ist fruchtbar. Ihr Blick belebt meine Zeichen und bringt mein Gedachtes in Ihre Welt, aus der heraus Sie andere Leser kontakten und ihnen von meinen Denkfiguren, welche der Zweizahl verschrieben sind, nicht den Dreiern, berichten. Hätten Sie das Buch *Umarmung* gelesen, wüssten Sie, was ich meine, wenn ich Zweizahl schreibe.

Möge Ihr Ruhm den Untergang aller Welt noch zu meinen Lebzeiten überleben, das wäre ein Geschäft für mich und meine Erben.

Umarmung, ein Roman, meint nicht umarmen. Doch scheint mir, dass Sie mein Buch, das frisch auf dem Markt liegt, gar nie gelesen haben. Wieso?, muss ich mich fragen. Schließlich waren Sie an meiner Literatur interessiert. Mich persönlich zu einem Buchmessenempfang einzuladen, scheint mir ein bisschen viel Aufwand, um sich die Lektüre zu sparen.

Das Schlittschuhbuch meiner hochgeschätzten Autorin legten Sie auf den Haufen abgelegter Mäntel. Das ganze Jahr über als lesehungrig bekannt, sind Sie des Lesens überdrüssig?

Ich war ganz angetan von Ihrem gemütlichen Bildungshaus. Ich kenne Sie ja kaum und die Preisträger aller Art sind mir auch nicht persönlich bekannt, aber so gelöst, funkelnd, spritzig, wie Sie umringt von Literaturnobelpreisträgern standen, da verschlug es mir die Sprache. Ich will auch eine Frau sein, die ich bewundern kann.

Ihre Lippen rot und meine blau. Sie Blut. Ich Tinte.

Genießen Kritiker Literatur, die sie preisen? Wie? Was für ein Hunger wonach wird gestillt? Wenn Kritiker Preise vergeben, als Jurymitglieder, geben sie dem Publikum fachliche Unterrichtung per Gütesiegel. Doch je Umsatz fördernder eine Bestsellerliste ist, umso unwichtiger der Publizist – fühlt sich ein Kritiker entwertet dadurch? Kritische Information lässt sich besser im Wettstreit mit anderen Kritikern vermitteln – dem Publikum oder wegen des Publikums? Wie das Fernsehen hält auch das Feuilleton dem Quotendenken nicht stand. Das zeigen die zahlreichen positiven Rezensionen zum Buch des Jahres: Es ist schlecht geschrieben, aber dafür erzählt es eine kommensurable deutsche Geschichte, und es ist preisgekrönt. Die deutsche Kritik ist in der Krise, aber was heißt das? Kaufgarantie? Wurde die Literatur Schmarotzer der Kritik?

Ob ich mit der Gästeliste zufrieden sei, fragten Sie mich, als ich bei Ihnen auftauchte. Ich nickte, um meine Angst zu verbergen. Sie glauben doch nicht, dass ich das gewohnt bin, mit all den Büchners und Nobels. Natürlich haben die auf brillante Weise zu verstehen gegeben, dass ich froh sein könne, überhaupt eingeladen zu sein – was ich auch war, ich bin nicht undankbar! Ich war nur unvorbereitet und daher überrumpelt. Und man ist unvorbereitet, wenn das neueste Buch die Instanzen der Öffentlichkeit durchleben muss, um gelesen zu werden, um Autorin zu bleiben.

Die Namensliste wurde mir im Frankfurter Hof eine Stunde vor dem Empfang von der Agentin überreicht. Ich warf gierig den Blick darauf. Die Herausgeberin des neuesten Literaturmagazins, deren Empfehlung in einem Absatz für einen Absatz von ein paar tausend Büchern garantierte, stand an erster Stelle. Ich hielt die Lider gesenkt und meine Pupille wanderte langsam von links nach rechts, um die weitere multiplikatorische Prominenz nicht überzubewerten. Die Agentin zupfte währenddessen an ihrem ledernen Jäckchen, erwähnte den Namen einer Von und meinte dazu, diese Von sei nicht so wichtig für mich. Mein Blick hing noch am Leitmagazin für rezensierte Bücher. Gelobte europäische Literatur. Ich wusste von ihrer Größe, ihrem grauen Haar und dass sie nicht mehr Everybody's Darling war.

Ich bin eher kannibalistisch – ich schreibe Bücher zum Fressen gern, weil ich selber fressen will. Kritiker beißen, weil sie das Geschriebene zerstören wollen, den Appetit verderben. Nicht Sie! Gemessen an den Verkaufszahlen, an der Höhe meiner Preisgelder, an der Schreiblähmung, in der ich steckte, war es tapfer, mich einzuladen.

Ja, ich war auch als Jägerin gekommen. Im Geiste. Und vom Gefühl her hungrig.

Wie beweist ein Autor, dass er ein Fixstern ist, dessen das Dunkel durchdringende Licht den Irdischen erst nach

Jahrzehnten aufgeht, wenn der Magen knurrt? Die Ebenen gerieten durcheinander.

Ich tat unbeeindruckt, soff unter den Musterblicken der Agentin schon an der Frankfurter-Hof-Bar, was auf Agenturkosten ging.

Im Taxi durch die Buchmessestadt. Ich mich über den Verlag beklagend und mich darüber erregend, dass mein Werk *Umarmung* – welches ich, by the way, als Fortsetzung von *Halbes Leben* begreife – auf dem untersten Regalbrett einer Seitenwand der Deutschen Verlagsanstaltsliteratur gestanden war, fortsetzend, dass die Lektorin mein Buch aufgrund meiner Beschwerde einen Rang höher reihte, zum postum erschienen Buch von Aglaia Veteranyi, das bezeichnenderweise den Titel *Das Regal der letzten Atemzüge* trug. So standen unsere Bücher beieinander. Veteranyi, die in den Zürcher See gegangen war. Mischkulnig mit dem Werk bislang unerhörter Umarmung.

Die Pressemitarbeiterin des Verlages kam vorbei und berichtete vom Unglück mit der Kaffeemaschine, weswegen mir auch am Buchmessenstand kein Kaffee angeboten werden konnte. Und weil wir dann über alte Zeiten sprachen, als man den Kaffee ohne Maschine machte, wollten wir beide bald mit so einer Unterhaltung nicht weitermachen. Sie hatte mein Buch nicht gelesen, aber sie fand es interessant. Sie stellte mich einer Vertreterin und einer Sekretärin des Verlagshauses vor. Und als ich mich vom Programmleiter verabschiedete, freute sich dieser, meine gute Unterhaltung wahrgenommen zu haben, dankte für meinen kurzen Besuch und stilisierte ihn zur Unterbrechung einer von Termin zu Termin jagenden Hetzerei.

Meine Lektorin glänzte durch Geduld und irritierte, als wäre sie blind, durch ihre helle Iris. Sie spähte durch diese Helligkeit, als wollte sie sich überstrahlen und nicht zeigen, dass sie mich musterte. Warum nur? War ich stigmatisiert? Zu meiner Enthauptung geladen?

Wie habe ich mein Buch überhaupt *Umarmung* nennen können? Ist ja kein Wunder, dass jeder davor zurückspringt. Die Edelfeder der Süddeutschen streifte vorbei. Ebenso der FAZ-Abwerter.

Literatur und Kritik erzeugen literarturbetriebliches Leben, und wie jedes Leben unterliegt es einem Entfremdungsprozess, drastisch, mehr oder weniger.

Bücher, die sich einer inhaltlichen Beschreibung nicht leicht zugänglich machen, sind Ladenhüter. Ich brauche sie. Sie bewahren mich vor Unverstand. Und das Schöne an ihnen ist, sie bleiben Stütze.

Wer ist der Spielgeber im Circus? In Rom war es der Kaiser, der das Urteil dem Publikumsgeschmack überließ. Daumen rauf oder Todesstoß Richtung Schlüsselbein. Morituri te salutant. Bei mir sagt das der Kritiker.

Als das Taxi hielt, empfahl die Agentin: Schreib darüber.

Worüber?

Über das literarische Leben!

So fand ich mich am Rande Frankfurts im Rosengarten der Hausherrin ein. Der Hund des Hauses hieß Kümmel. Ich wunderte mich, denn der Hund hieß wie der Hund im Buch der Kritikerin. Er wedelte mir entgegen. Der Nobelpreisträger hatte keine Chance mehr. Der Hund bedrängte mich. Das Hundebuch ist in Briefen geschrieben und voller Erfahrungswissen. Trotzdem kann ich mich an keinen Satz erinnern, der so messerscharf, so einfach wie originell war wie Helga Glantschnigs Satz: „Was du an Kräften sparst, tritt als Stil zu Tage.“ Dabei hätte ich mich gern in den Hund verwandelt, denn er war, was er war, und wurde respektiert.

Anstatt mich in der Gesellschaft der Büchnerpreisträger aufgewertet zu fühlen, kam ich mir wie ein Streuner vor und benahm mich wie alle anderen auch, streichelte Kümmel. Die Hand, die dich füttert, beißt du nicht, um nicht von dir selber angekotzt zu sein, wie der Erbsenfresser, missachtet und ohne Moral. Woyzeck, der frisst oder stirbt, frisst und dann mordet.

Cocktail im Erdgeschoß. Diskretes Servierpersonal. Ein Koch. Ich in der Bibliothek. Herausgeber, Juroren, Literaturnobelpreisträger, Büchnerpreisträger, Kritiker, ich und Kümmel. Ich fragte den kleinen Dicken neben mir, ob er in diesem Jahr beim Ingeborg-Bachmann-Preis als Juror via TV zu sehen gewesen sei. Er drehte sich mir zu und korrigierte schroff, dass er bereits *dreimal* in Klagenfurt gewesen sei, nicht bloß dieses *eine* Mal.

Es kommt auf die Frequenz an, im Öffentlichkeitsspiel. Was ist ein Kritiker wert, den keiner kennt? Wer als Autor oder Literaturkritiker an die Öffentlichkeit will, der muss sich durchkämpfen und dann Niveau halten. Es zählt jede Runde, und wo Text vor Fernsehkameras bebildert diskutiert wird, schürfe man nach Gold im Medienzeitalter. Zumindest ist man an einem Schauplatz der Ideen, wo man auch schaut, ob das Gehör der Instanzen und Intendanzen telegen ist.

Nachdem mir meine Agentin eröffnet hatte, dass man einen Roman heutzutage nicht mehr mit „Als" beginnt, war mir klar, dass sie *Umarmung*, das mit „Als" beginnt, langatmig findet. Ich tröstete mich mit „Als Karl Rossmann" – in Frankfurt, bei Darmstadt.

Als ich mich zum Nachtischbuffet gehend an der Agentin, die gebückt unter den Balken der Mansarde stehend die Lippen bewegte, vorbeidrückte, hörte ich aus ihrem Mund den Satz: „Das ist der Vorteil der Kleinen, unterm Gebälk aufrecht durchgehen zu können.“

Ich ignorierte die Bemerkung, weiß heute nicht mehr weshalb, der Ton war für mich zu spitz, und schöpfte Mousse au Chocolat aus einer Glasschüssel.

Der ungarische Dichter neben mir warf einen Seitenblick auf meinen Teller, sagte: Sie sind eine Wenig-, aber keine Billigesserin.

In der Tischrede des Hausherrn wurde jeder Gast namentlich begrüßt und den anderen vorgestellt. Mein Name fiel zuallererst und war vergessen, nachdem er gefallen war. Der ungarische Dichter wurde zuletzt angesprochen und noch zuletzter fiel der Name der frisch ausgepriesenen Preisträgerin dieses Abends, den sich alle merken sollen. Zum Abschluss der Tischrede hob der Hausherr die Sitzordnung auf und der Dichter neben mir seufzte demonstrativ erleichtert auf, vielleicht zum Spaß. Vielleicht aber auch, weil ich ihm sagte, er solle sich lieber nicht mit mir vergleichen, denn ich müsse hier im Kreis der Arrivierten Überzeugungsarbeit leisten.

Es herrschte Männerüberschuss, weil die Frauen zu Hause bei den kranken Kleinkindern waren, nur ich nicht, die einzige Mutter, die die Kinder im Stich gelassen hatte, um den grauen Alltag meiner Schriftstellerinnenexistenz zu bestreiten und Werbung zu machen. Das hat mit Literatur zu tun. Ich war im Affirmationsdilemma. Mutter und Dichterin.

Die Agentin saß mir schräg gegenüber und sie, die nichts unversucht gelassen hat, mich zu stützen, beugte sich zu mir herüber und raunte mir zu, ich solle mich ins Gespräch mischen. Vielleicht weil sie streng war, sagte ich: Ja, ich werde mich sofort einklinken.

Die Frau vom deutschen Kleinadel war auch noch da und ins Gespräch mit dem Bachmannjuror vertieft. Die Einsamkeit in mir, die dumme Elfenbeinperlenkette an mir, mein Pulli, mein Bubikopf, das ergab die Sekretärin von Lydia Mischkulnig, obwohl diese eine Agentin engagiert hatte, war ich da und hatte den Auftrag der Repräsentanz ihrer Dichterschaft zu erfüllen.

Und da wurde mir bewusst, dass ich den ganzen Abend über noch keine Sanitärräume aufgesucht hatte, und auch jetzt kein Bedarf bestand. Der Bachmannjuror sprach über Stuttgart. Stuttgart ist ein Abort, sagte ich. Der Kritiker traute seinen Ohren nicht. Und Wien?, fragte er. Was sei denn dann Wien? Auch langweilig, sagte ich. Wien sei langweilig? Das könne nur jemand behaupten, der weder in Stuttgart gelebt habe, noch aus Wien stamme. Woher ich denn sei? Aus Klagenfurt, sagte ich, wo die gefallene Lyrikerin begraben liegt. Dass Klagenfurt ein heißer Ort sei, so der Kritiker. Dass Klagenfurt eiskalt, eiskalt sei, entgegnete ich. Dass Klagenfurt meine Hölle gewesen sei, Wien und die Literatur in Deutschland langweilig und sowieso eine Hölle und dass mir alles vorkommt wie Billy Wilders *Eins, Zwei, Drei*, diese gut gemachten Altherrenwitzchen mit dieser Von-A-nach-B-Erzählerei, rundum Gucciprosa. Der Bachmannjuror betrachtete mich weiterhin mit ratlosen Augen.

Ich versuchte zu erklären, dass mir die Dogmakriterien dänischer Filmer zusagten, weil sie inspirierten, da sie durch die auferlegten Beschränkungen eine neue Filmbedingung schufen, im Jetzt sprechen zu müssen.

Dann sagte er: Eine Kinokarte kostet immer gleich viel, egal, ob der Film viel oder wenig gekostet hat, daher lieber teure Spielfilme, mit Handlung und hohen Produktionskosten, als ein schriller Film von Almodóvar oder ein Murks von Lars von Trier.

Ich schwieg. Meine Agentin versank hinter der Silhouette des Bachmannjurors. Ja, freilich, wenn's ums Geld geht, dann sind wir mit der Kunst beim Brot, schrieb schon Lessing.

Die gut geplottete Geschichte, eine schlüssige Individualgeschichte, am besten aus einem vergangenen Zeitalter, das schafft Distanz zur passierenden Wirklichkeit und bietet Illusion des Überblicks, Geschichte nach Geschichte, Sicherheit im Patchwork flexibler Verluste. Aber Vorsicht – Geschichten sind nicht Literatur, sie ist Geschichte der Sehnsucht nach Leben als Kunst ... als ich den Hund Kümmel zu Füßen spürte, wie er sich auf meine Füße setzte, dicklich, satt, tiefsinnig mich aus dunkelbraunen Augen anschauend, spürte ich ein Gewicht auf meiner Schulter, die Hand der Agentin. Sie bückte sich zu mir herab und bat mich, ihr ins Nebenzimmer zu folgen.

Ich habe dich beobachtet, sagte sie. Ich verstehe nicht, was mit dir los ist, du bist doch ein Profi, sagte sie, du weißt doch: Lächeln musst du selbst.

Als ich zurückkehrte an den Tisch, kletterten die Büchnerpreisträger, Literaturnobelpreisträger und Schriftsteller aller Art schon über die schmale Treppe ins Erdgeschoß. Es war Zeit zu gehen. Ich war bloß noch nicht fertig. Für ein paar Sätze setzte ich mich zum Bachmannjuror an den Tisch. Ich fragte ihn, was er gegen den Radikalismus in der Filmsprache habe. Sie drücke Selbstbezogenes aus. Und er sagte, dann käme am Ende nur *Blue* heraus.

Derek Jarman ist einer der radikalsten britischen Filmer. *Blue* ist ein Yves Klein gewidmeter Film, über dessen ganze Länge die Breitwand in unverändertem Blau leuchtet. Man kann wie blind sein, um zu sehen, wenn das Gehirn assoziativ Bilder produziert – und während das Publikum Jarmans Geschichte, Gedichte, Dialoge, Musik aus dem Off hört, kann einem das Blau aufgehen. Welche Bilder erzählt ein Gehirn, das Bilder nie gesehen, nie verarbeitet hat? Was fängt ein Blinder mit *Blue* von Derek Jarman an? Was mit Wilders *Eins, zwei, drei*? Der Bachmannjuror hat gerade gesagt, dass nur verfilmte Geschichten Film sein sollen. Illustration.

Ich sah den Kritiker bei dieser Thematik entschwinden. Er verabschiedete sich nicht. Er reichte mir nicht die Hand. Er rannte davon. Egal. Literatur hält jung, sie wirkt als Anti-Aging-Mittel, und zwar seit Jahrtausenden. Ödipus springt mit jugendlichem Elan über die Bühne. Sophokles ließ ihm die Augen ausstechen, damit er sehend wurde, und er lebte trotzdem weiter.

Ich verabschiedete mich mit den Worten: Vielen Dank, dass ich dabei sein durfte. Sie grinsten und meine Agentin würgte mich mit ihren Blicken. Ich war stolz, dass ich es bis Frankfurt geschafft hatte. Stell dir vor, du wärest in Darmstadt gelandet, dachte ich mir. Allein der Name.

Mir bleibt nur noch zu erwähnen, dass Ihre Hand im Kleiderberg wühlte und nach den *Dreiern* langte und zu *Umarmung* ins Bücherregal stopfte.

Ich legte das Mäntelchen über die Schulter, hob die Lider und verabschiedete mich mit festem Handschlag und durchgestrecktem Oberkörper, aufrecht und firm, da hörte ich die Stimme meiner Agentin wie aus dem Nichts: Bist du noch immer hier?

Und verschwand mit
herzlichem Gruß
Ihre
LM

Inhalt